U0692313

Staread
星 文 文 化

也有
勇气独立

浙江文艺出版社
Zhejiang Literature & Art Publishing House

愿你活得彻底
即使灵魂的旅行总是遥不可及
愿你有黑色的眉眼
滤去世间一切尘埃与黑暗
愿时光无暇
永无病痛
愿你拥有所有善意与温度

我们的过去是一片麦田
人生的春夏秋冬里
蒲公英和炊烟都在等你

城市的烟火太迷离
宁可守着炊烟过一生

有人想跟你环游世界
有人想跟你柴米油盐

我好养
就想跟你唱点通俗音乐
眉来眼去
随随便便

幻觉是挡不住的风
吹进了心的深渊
长出情感绵长的花朵

自 序

时间过得真快，距离我的上一本散文集出版已经过去了三年。这三年里，发生了许多事，我的人生经历了很大的变故，最亲的人离开了。

生活很丧，永远猝不及防，却要活得向上而有力量。从二十岁的小女孩到三十岁的大女人，时光将我带入了另一番境地。

记得十年前，我踏上北上的列车，第一次离开家乡去一个陌生的城市，那里有我的梦想，有全家的希望和我对未来的迷茫。曾不止一次想，如果当初选择走另一条路，是不是一切就会不一样……但时光不能倒退，我们其实别无选择。

我花了十年时间，努力成为自己想成为的人。梦想成真，事业有成，在喜欢的城市买了房子，去各个国家旅行，过上了别人

美慕的生活。可是，我快乐吗？或者说，我满足了吗？当我的书卖不好的时候，我会沮丧；当工作出问题的时候，我会焦虑；当时间不够，想去的地方去不了的时候，我会遗憾……然而，这一切都比不过有一个好身体、一份好心情、一个完整的家重要。

在离三十岁越来越近的这几年，我时常会感到恐惧和彷徨。不知道别人的三十岁是什么样的，总觉得还有许多事没有完成，觉得不够。是什么呢？工作中有太多要克服的困难，身体不如从前，青春不再，和家人的关系越来越淡，经常联系的朋友越来越少，心事找不到人倾诉，也不想倾诉。所有压力都是自己一个人扛，每晚失眠，对生活失去热情，更别提认识新的朋友。最难解决的问题是独身，这个在别人眼中最难也最急迫的状况，无从破解，虽然我自己并没觉得有什么不妥。

我不需要靠什么来证明我很好，同样也不需要被迫承认我不好。

于是我决定放下负担，安静地独身。在自己的房子里做想做的事，看一晚书或者喝个下午茶。养绿植，给它们浇水，看它们渐渐冒出嫩芽。养一只叫诗诗的比熊，每天早起带它遛弯，讲故事给它听。尽可能地抽出时间旅行，每年至少去一个国家，不设定行程，随遇而安。不去在乎别人的看法，他们所定义的幸福不能影响我当下的心情。听昆曲，参禅，看美景，走更多的路。

就这样，我的心渐渐变得安定。对事物抱有童心及怜悯之心，清淡饮食，保持轻盈而健康的身体。一边工作一边写书，遇到谈得来的朋友，每隔一段时间就会见面、叙旧。人不可能一直活在过去，但也别脱离过去。二十岁有二十岁的美好，三十岁有三十岁的淡然。

人生是一部悲剧，流着泪读了又读；人生亦是一部喜剧，流过泪后会再次微笑着读它。于是，我想写一本能让你落泪也能让你微笑的书，让你读了之后有所悟亦有所得的书。

这个寒冷的冬季，北风静静地吹。我独自站在窗前，看着天上的星，许下心中的愿。

"愿你三冬暖，愿你春不寒。愿你天黑有灯，下雨有伞。愿你余生有良人相伴。愿你所有快乐无须假装。愿你此生尽兴，赤诚善良。"

夏风颜

二〇一九年一月一日

于北京

PART

01 愿你周全一生，活得自由赤诚

PART

02 愿所有独自孤单，
终会成为勇敢

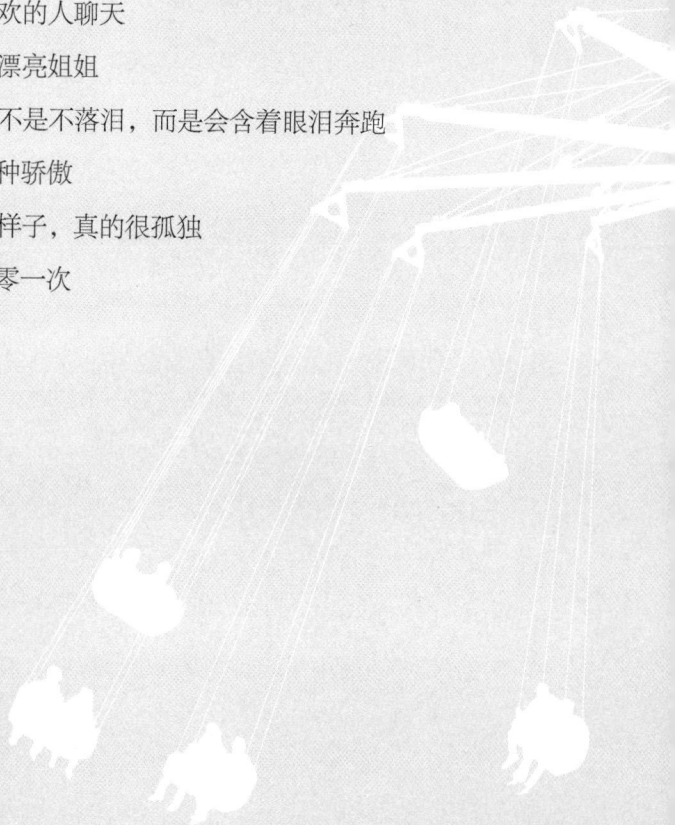

PART

03　愿所有自渡之人，
终得时间治愈

PART

04 愿那些抓不住的过往，
都成为回忆里的糖

PART
05 愿你在平凡世界里，
活出浪漫诗意

愿你周全一生，活得赤诚自由

PART 01

现在的你和
过去的你是一样的吗

/////////////////////////

很多人问我,到了三十岁是什么感受。我在十年前曾问过自己,等到三十岁,我会是什么样子?

换言之,现在的我和过去的我,还是一样的吗?

回到家,闲来无事,翻出十岁时的生日录像。那时候还是VCD、DVD流行的时代,十岁的生日宴被录下来刻成一张碟,后来几次搬家,这张碟被塞进了一只旧纸箱里,再也没有打开过。近二十年后,再次打开它,放入老旧的DVD机,看到模糊的光影,那些欢笑，那些故人，那时童真烂漫的自己……

我一个人静静地看着遥远而熟悉的一幕幕，泪不觉落了下来。

"今天是我女儿的生日，感谢各位亲朋好友的到来……作为父亲，我首先祝我女儿生日快乐，希望她快快乐乐、健健康康地长大……我也希望我的女儿将来成为对社会有用的人，好好学习、天天向上……"

父亲的祝福和期许犹在耳畔。人群中间那个小小的我，穿着红裙子，扎着红头绳，一身喜庆，被一群亲朋包围着，对着蜡烛许下愿望。

已经很多年不过生日了。二十五岁之后，每一年过生日我都会去一个地方，青岛、洛阳、婺源、大理……在生日的这一天，待在某个不会被人找到的地方，一个人静静地许下愿望。有时候是放一盏河灯，有时候是点燃一束焰火，有时候是听一首歌、喝一杯酒。

坐在大理的小酒吧里，看着人来人往，热闹非常。年轻情侣手拉着手在河边散步，小孩子互相追逐着打闹嬉戏，新婚夫妇甜蜜相拥拍摄写真，老人举着相机驻足留影。每一个幸福的瞬间，都在我的脑海里定格，如同十岁的时候，母亲捧着生日蛋糕叫我许愿，父亲在身边含笑凝视着我……而这样的时光，真的一去不复返了。

我们越来越丧，越来越迷茫，不知道自己要什么，也不知道该拒绝什么。似乎努力得不到认可，付出得不到回报，失去得不到慰藉，受伤得不到疗愈。教科书上的东西不可信，那些励志名言、鸡汤语录全是空话。别人在贪婪，而我，在恐惧。

到了三十岁，越来越慌，越来越觉得现世安稳是不可抵达的一座孤峰。不知是先成家还是先立业，困扰年轻男女的不只是一张证，是星星和大海遥不可及的距离，一个在尽头，一个在天边。

可是，我们仍然要明亮而健康地活着，不是吗？

岁月长无期。我在现世的不安稳中，独享岁月的静好。

开始懂得丢弃比积蓄更重要，不在乎赚多少钱，不在乎走过多少路。注重当下，早起晨跑，谢绝应酬。工作、约会再多，也要坚持十点前回家，十二点前睡觉。不再热衷于无意义的表达，懂得从人群中找到有相同属性的人，直接而诚恳地给予友爱。

在每一年最重要的节日里带着家人去旅行，保持与家族远亲的联系；每年都抽空回去祭祖，在供奉祖先的祠堂跪拜反思；去寺院祈福，对世间一切弱小心存怜悯，力所能及地帮助和关爱遇到困难的人；放生、参加公益活动、跑马拉松……那些在十几岁、二十岁不感兴趣、不曾尝试的事，都要一件一件地经历。

生命是走过平原之后翻越一座座高山。然而对一些人而言恰恰相反，生命是翻过高山之后再走过荒原。

　　有些遗憾，是种圆满。有些祝福，我对自己说。愿你活成最美好的样子，属于你的样子。

　　周迅唱着属于她的《样子》。这个年过四十的女演员，依然用她最纯真的样子，演绎世间最动人的故事和最美好的情。《如懿传》里的娉婷一笑，《你好，之华》中的淡淡转身，她说："我老了，那又怎么样？好高兴我开始变老了，我希望能得到相应的智慧。我的心一刻也没有停止感受，我像一枚果子一样慢慢熟透……"她活成了她的样子。

　　时光是在心间吹响的一支长笛，是山野听风的一片叶子。它很美，让人无法拒绝被它带走。我们不再年轻了，不再会像个天真烂漫的小女孩游戏人间，总喜欢问一句"为什么"。我们经历了人生的起起伏伏，如同一个坐禅入定的老者，体悟生命的解答。

　　你问我，现在的我和过去的我是一样的吗？一样，也不一样。如果时光倒流，重来一回，希望回到二十五岁吗？也许有一刹那，是想的。可闭上眼，那些经历如雪花碎片般纷至沓来，即便回去再来一次，也会这样到如今。只是晚几年，我们还是要面对衰老，还是要推开人生的下一道门。前路未可知，无论风景美不美，是繁花锦绣还是荆棘泥泞，我都想再往前走一走，活成属于自己的样子。

二十岁的脸，
三十岁的心

////////////////////////////

　　一个朋友的朋友圈签名是——三十而立，一杯便倒。

　　他是明星，有无数粉丝。每次去机场都有一帮粉丝拥跟拍，他微笑致意，习以为常。有一次，我跟他一起回国，到机场时，一群粉丝早已举着手机、相机等候在接机区。他戴着墨镜，穿着风衣，推着行李车大步流星地往前走。粉丝见到他，迅速围拢过去，拍照的拍照，献花的献花。我远远地站着，没有跟上去，看着前方花团锦簇欢声笑语，发出一声叹息。

他现在看似风光无限，却有着说不出口的落寞。他算是真性情的人，与他所处的圈子格格不入，但也避免不了交际应酬。这大概就是所谓的"人上人"的常态。我与他并不熟络，只是偶尔发微信聊几句。

我问他："你的朋友圈签名为什么是'三十而立，一杯便倒'？"

他开玩笑说："因为我三十岁了，年纪大了，酒量不行了。"

"那是字面的意思吗？"

他回复了一个表情，没有直接回答，却说起过去。为了成名经常应酬，喝到早晨四五点都是常有的事。那时候年轻，满身冲劲，喝得酩酊大醉睡一觉就好了。现在不行了，尤其是过了三十岁，明显感到身体大不如前，喝几杯就想吐，也无心应酬，基本上跟圈子里的人不来往了。看书、瑜伽、养生、旅行，过着一个人的"佛系"生活。

他说："我其实私底下不像个明星，我喜欢简单安静的生活。"

即便如此，他亦常对自己有所担忧，而这种担忧演变成了轻微的抑郁症。有一次，他来上海拍广告，我们约了晚上在酒店见面。那时已是凌晨两点，我们坐在酒店顶层的天台上，身边是几瓶空了的啤酒罐。

他问我："你平时喝酒吗？"

"我不喝酒，我有酒精过敏症。"

他点点头，突然把手中的啤酒罐捏扁，用力掷向虚空。啤酒罐撞到护栏发出"哐当"一声脆响，从空中迅速坠落。

我问他："你不怕一会儿保安过来发现是你干的啊？"

"偶尔也要任性一下嘛。"他冲我眨眨眼，调皮地说。

虽然过了三十岁，但我感觉他还像个孩子。也许是与身处的圈子一直保持距离，也许是比起工作更注重生活，他的脸上依然留存着少年的稚气和清爽，眼神里有不谙世事的天真。

他知道我喜欢张国荣，便问我："张国荣为什么跳楼？"

"他得了抑郁症。"

"我也有抑郁症，如果我从这里跳下去，会不会什么烦恼都

没有了？"

　　他的表情似笑非笑，我却感觉他不像是在开玩笑。大半夜叫我过来，自己喝了几罐啤酒，突然说想跳楼。这时候的他如果被粉丝看到，估计粉丝要吓得先跳楼。他在人前塑造着完美的偶像形象：生活自律、举止得体、工作敬业、爱护粉丝、没有绯闻……可是，他快乐吗？

　　他说："我也不知道自己能红多久……也许有一天，退出了这个圈子也没人知道。"

很多外表光鲜、成功富有的人，在别人眼里是偶像，是榜样，其实在他们的心里，也渴望有一个偶像或者榜样指引他们该走怎样的路，选择什么样的人生。十几岁、二十几岁的时候，尚没有打开人生的认知，走的路、过的生活是由当下的环境决定的，抑或跟着别人的脚步走，往往身不由己。等到经历了、觉悟了，却发现过了三十岁，已经不年轻了。于是该回家的回家，该成家的成家，不能再做青天之下的白日梦了。

人到中年，不再是少年，连喝一杯酒都是奢侈。

十几岁的时候，喝一箱都不会挂，跟一帮同学通宵 K 歌，唱着"再不去闯，梦想永远只会是一个梦想"，满腔豪情壮志；二十几岁的时候，为了应酬，万般无奈，一瓶接一瓶地闷头干，却不痛快；三十岁的时候，有想见见不到的人，有想说说不出的话，对着价格不菲的拉菲，一杯便倒。不是不能喝了，是找不到一起喝的人，喝不出心里藏着的事。

我看着他，他看着漆黑的夜空，我们许久没有说话。又过了一会儿，他说不早了，明天还要工作。我们就此告别。

临走之际，我忍不住问他："你的朋友圈签名还是字面的意思吗？"

"你猜。"见我一时愣住，他呵呵一笑，说，"就是你理解的意思。"

他并不知道我是如何理解这句话的，但彼时的心境是相通的。从二十岁走到三十岁，这条路最不好走，从无知到有知，从懵懂到成熟，一定会吃苦、受教训、经历失败……没有了二十岁的脸，却有了三十岁的心。

渴望拥有一张不谙世事的脸和一颗深谙人世的心，这就是所谓的"二十岁的脸，三十岁的心"。我希望在我三十岁的时候，依然有少年气，一派天真烂漫，饮过人生的痛，却能笑着说"再来一杯"。我希望在我三十岁的时候，想想过去二十几岁的日子，不觉得光阴流逝可惜。努力走到了三十岁，有了成年人的淡定和自知，待人有礼，遇事不慌。

我所理解的"二十岁的脸，三十岁的心"，是"二十岁的状态，三十岁的心态"。

后来我们很久没有再联系，偶尔会从新闻上看到他的消息，新剧开机了、新广告播出了……他的状态越来越好，但我知道，那不是真正的他。真正的他，隐藏着心事，人前风光，人后落寞，担心着哪天突然不红，退出娱乐圈也没有人知道。

直到有一天，朋友圈消失了许久的他发了一个状态，定位在伦敦——他去留学了。

我问他："打算待几年？"

"先待两年再说吧。"

"这两年还回来吗？"

"暂时不回了，我要先活明白了再说。"

"那……你的粉丝呢？"

"哈哈，我的粉丝会理解我的，他们可以来看我啊。"

"如果两年以后回来，不红了呢？"我故意揶揄道。

"都三十岁了，还在乎不红吗？人不能红一辈子，想清楚了也就无所谓了。不应该去想不红了怎么办，而应该去想不红了以后怎么办……总得有事做啊。"

"所以你去英国，是为'不红了以后'做准备的吗？"

"你猜对了。"他哈哈一笑，亦如少年。

曾几何时，他是我遇到的少有的三十岁有"二十岁脸"的人，但少了三十岁该有的心态。而今，他想清楚了自己要什么，舍得放弃，就会有所收获。他终于活成了三十岁最好的样子，这才是他原本的自己。

小姐，
你有 YSL 口红吗

////////////////////////////

　　YSL 推出了新款口红，我在新加坡机场候机时，问了一圈都没有找到。涂着鲜艳唇膏的售货员笑眯眯地说："小姐您放心，如果连我们这里都没到货，那全亚洲就没有几家有货的。"我看着柜台上一排排整齐鲜亮、金光闪闪的方管，听着售货员语气轻柔的介绍，微微地笑了笑。

　　在一篇公众号文章里看过一句话："如果你买不起 CHANEL 的包，就买一支 YSL 的口红。"

同样是奢侈品，三四万的包买不起，三四百的口红买起来却不费力。看到一些网红达人在小红书上秀出几百支口红，凡是知名的牌子全都有，有些牌子还有十几种颜色，不禁在想：一年三百六十五天，就算一天抹一支，能抹得过来吗？

曾和一个化妆师朋友聊天，他问我："你出门前一定要上的妆是什么？"

我答："口红。"

他说："答对了。你可以什么都不抹，甚至连BB霜都可以不擦，但一定要涂口红。"

每天即使不化妆，也要涂口红。随身携带的有两支，一支浅色，一支深色，用于不同场合，搭配不同装扮。开会的时候、见客户的时候、约会的时候，其至是一个人逛街、看电影的时候，都需要一支让自己状态极佳、心情不错的"武装利器"。

口红可以提升一个人的气质，最重要的是，可以提升人的自信。

我认识的 A，每天朝九晚六，挤一个多小时地铁上班，其间从来不敢穿高跟鞋。周末加班，没有朋友聚会和异性约会，想看电影就躺在床上用 iPad 看，午饭、晚饭都是自己带便当在办公间解决……吃饭五分钟，洗澡十分钟。和大部分在卫生间磨蹭二十分钟以上的女孩子不同，A 进出卫生间不超过三分钟，如果要排队，宁可回到工位上憋着。

把自己过得粗糙随便，从不愁嫁不出去。并不是因为很容易嫁出去，而是根本就没有考虑嫁人这回事。像 A 这样的女孩，不在少数。

我们经常好奇：她怎么那么容易就能交到男朋友？她的好身材、好气质是如何拥有的？她很普通，为什么老公对她那么好？她为什么每个周末都有约会？她为什么能得到主管的赏识？她为什么有幸福的家庭？她为什么有那么多人追……没有为什么，所有的为什么都只是因为，在你看不见、不在意的地方，她比你用心。

化妆、健身、瑜伽也许很难，但出门前涂一下口红、下班后来一段夜跑并不会太难。保持好心情，热爱生活，看看镜子里的自己，是美丽了还是老去了，想想今天有没有比昨天状态更好或是更糟。逝去的时间回不来，每天改变一点点，那些付出过的辛苦努力，都不会白费。

网络上流行一句话，"做一个精致的猪猪女孩"。所谓"精

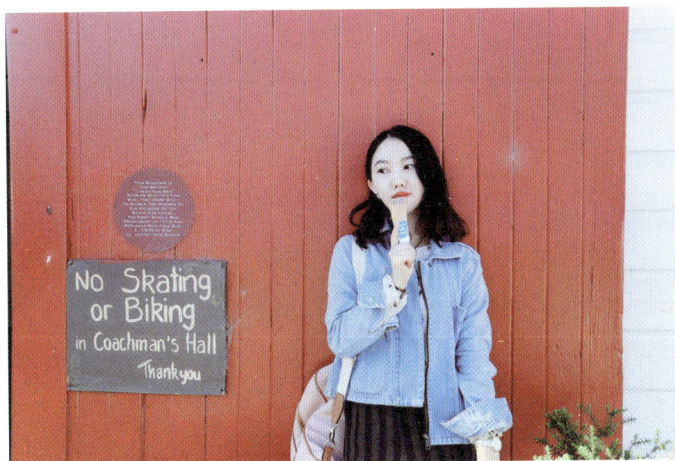

致的猪猪女孩"，是过得舒服，吃得开心，昨天的烦恼今天扔掉，没有人对我好我就要对自己好。多读书，少生气，学会护肤，学会爱惜自己。

你可以不美，但你要健康；你可以没有钱，但你要有爱；你可以普通，但你要拒绝平庸；你可以淹没在人海，但你要活得精彩。

最后再问一句，这绝对不是一句广告语——

"小姐，你有 YSL 口红吗？"

我不是在等王子，
而是在等一个把我当成公主的人

////////////////////////

认识 Vivian 纯属巧合，她比我小十几岁，是个典型的 00 后。问她最喜欢的明星是谁,她说是窦靖童。我说,我喜欢她妈妈。她说,那你老了。

和 Vivian 的对话完全是成人式的，她虽然小，但心理年龄很成熟。她找我聊的一些话题，尺度很大。我说："你一个小女孩，不该关注这些。"她说："你别跟我妈一样，否则我真的把你当妈。你不怕老吗？"

老，是每个女人尤其是像我们这种即将迈入三字头的女人最忌讳的字眼，何况我还没结婚。Vivian 说："你跟我玩，多关注我们关注的话题，喜欢我们喜欢的明星，你就不老了……"

Vivian 是我侄子的朋友，他们的友情叫作"海绵兄弟情"，对应"塑料姐妹花"。他们被称作"海友"，原因是都喜欢海绵宝宝，生日时他们会互送对方"限量版海绵宝宝"作为生日礼物。还有一个原因是他们都喜欢吃海底捞，每次聚会都在那儿。

我跟 Vivian 就是在海底捞认识的。她看到我，对我招手道："姐姐你坐我这儿来。"

我坐到她身边，纠正道："按辈分你应该叫我小姨。"

她说："姐姐跟小姨不都一样嘛……同龄人我都叫名字的，对长辈才客气一下。"

Vivian 是一个酷女孩，手背上文了一朵玫瑰，耳朵上打了一排耳洞。我问她："你不痛吗？"

她指了指我的耳朵，问："你不痛吗？"我无言，那是我青春叛逆时留下的痕迹，但我已经很多年不戴耳钉了。

她说："跟我讲讲你的故事吧，我挺好奇的。"

"我没什么故事。"

"你没故事还写书啊？"她惊得睁大了眼睛。

"你看过我写的书吗？"我问道。

"看过啊，我的名字就是看了你的书取的。"我愣了半天，Vivian看到我的样子乐了，"想不到吧，我原来不叫这个名字，看了你的书才改的。"

"那你原来叫什么？"

"红色妖姬。"

这是什么鬼名字。出于长辈的身份，我忍了没有说出口，但Vivian看出了我的腹诽："《王者荣耀》玩过吧？"

"没有。"我摇摇头。

"唉，跟你说话困难。"Vivian摇着头说道，"这是我在《王者荣耀》里的名字。"

我点点头，没玩过，但我知道这个游戏："那我倔大人叫什么？"

"你说胜天半子啊……"

"胜天半子是谁？"

"胜天半子就是你倔大人啊。"我再一次被这段"困难"的对话击蒙，Vivian说，"你得常回来，没事儿玩个《王者荣耀》'吃个鸡'，你就跟我们玩到一块儿了。"

"我为什么要跟你们玩？我多大你多大啊。"我忍俊不禁。

"可是，" Vivian 天真地说，"不管多大，我们都可以做朋友啊。"

不管多大，我们都可以做朋友。于是，我跟 Vivian 成了特别的朋友。

我叫她"小红"，她说："我最讨厌别人叫我本名了。"

我奇怪道："你不是叫红色妖姬吗？跟你的本名有什么关系啊？"

她支支吾吾道："反正，我就是不喜欢别人叫我'小红'……"

后来我才知道，她的本名叫"学红"，大概是觉得名字土，才不愿意别人这么称呼她。但我还是叫她"小红"，觉得这样很亲切，像妹妹一样。时间久了，她也就习惯了。

我跟 Vivian 在 QQ 上聊天，她说："我特别羡慕你小说里那个叫 Vivian 的女孩，我之所以改名字，也是希望像她一样……"我以为她会说出什么感人肺腑的赞美之词，结果她说了四个字，"当个明星。"

"你就这么想当明星啊？"

"想。"她发来一个"花痴"的表情，"当明星多好啊，想有人追就有人追，想甩人就甩人。"

"要是当明星像你说的这么轻松，所有人都去当了。"

她没有回我。过了一会儿，我见她没动静，以为她去打游戏了。谁知她突然发了一个"震动"："姐姐你能发我一个红包吗？我今天失恋了……"

她在无锡上补习班，和班里一个男生谈恋爱。他俩分手不是因为要高考，也不是因为老师和家长的阻止，而是因为一杯奶茶。Vivian一直喜欢喝一家奶茶店的玫瑰红玉奶茶，男生追她的时候每天送她一杯，几分糖、几分热、加什么不加什么完全对Vivian的口味，于是Vivian和他在一起了。两个人谈了两个多月，有一天男生突然不再给Vivian送奶茶了，Vivian问他为什么不送了，男生说忘了，Vivian说那你现在记得了。可是过了几天，男生还是忘了，Vivian又问为什么，男生说路太远了……Vivian就跟男生分手了。

我说："就这个原因你跟他分手啊？"

她说："这很严重！姐姐你没谈过恋爱不知道，对男朋友不能太迁就。他今天不记得你喝什么，明天就会不记得你穿什么，有一天就不记得你了……"好像说得有道理，她继续说道，"分手的时候我送他一杯奶茶，就是他一直送我的那个味道。我跟他由一杯奶茶开始，也用一杯奶茶结束。"

"他后来重新追你了吗？"

"追了啊，但我已经有别人了。"

"也送你奶茶吗？"我揶揄道。

"送炸鸡。"

年轻的孩子谈恋爱，仿佛过家家，今天跟你好，明天就跟你不好了，看起来懵懂而天真，任性又可爱。其实他们并非对爱情草率，甚至很多道理比大人看得分明，与其胡思乱想，他们更乐意直接行动，在实践中检验真理。

他们自有对爱情的解读，无须别人指点。他们不屑纠结，讨厌纠缠，喜欢就在一起，不喜欢就分开。比起迁就对方，更愿意成全自己。这些看似儿戏的行为背后，有他们自己的一套方法论，毕竟让自己在爱情中得到舒展和快乐，比什么都重要。

后来，Vivian又失恋了。我开玩笑道："是没送炸鸡的原因吗？"

她说："不是。我要好好准备高考，现在谈的都不靠谱，还是等考上大学再说吧。"小姑娘看来有觉悟了。

"你以后想找一个什么样的人呢？"我问她。

"找什么样的人我不知道，"她说，"但有一点我很明确。"

"是什么？"

"我不是在等王子，而是在等一个把我当成公主的人。相信有一天，我会等到的。"

唯有好姑娘和梦想，
不可辜负

//////////////////////////

我认识的几个女孩子都很有意思。

G 是我的摄影师朋友，她的本职工作是翻译。摄影是她的爱好，她喜欢拍摄生活中最普通、平常的事物，一个苹果，一片叶子，或者一个微笑。我们每年都有一次摄影主题的旅行，从平遥到大理，从清迈到京都。

R 是我的图书编辑，1992 年的姑娘。她有一个很火的公众号，每篇文章阅读量都是十万以上。我曾问她："为什么你这么成功还要做书？"她说："写公众号是我的工作，做书才是我的乐趣。我可以看到不同的人的文字，了解文字背后的故事，体会他们的阅历和情感。"

T 是一名颇有名气的演员，她还拥有自己的彩妆品牌。她的心愿不是成为多么有名的明星，而是将彩妆事业经营好，打造中国女孩最喜欢的本土彩妆品牌。为此她经常到处飞，研究各种香氛和植物元素，带回来做实验。

Y 是一名服装设计师，她开了一家流浪猫咖啡馆，名字叫"伤心旅馆"。她喜欢猫，收养了许多流浪猫，这些猫平时散养在咖啡店里，和客人互动。如果有客人看上了哪只，可以免费抱回家养。

这几年，年轻人中越来越流行一种称呼，叫作"斜杠青年"，意思是除了本职工作外，还有非常出色的副业。上述的几个女生都可以称作"斜杠青年"。

有些人从早忙到晚，却浑浑噩噩，不知道自己在忙什么；有些人无所事事，不是打游戏就是刷抖音；还有些人，他们同时有几份工作，每份工作都做得非常出色，过得很充实。人和人之间的差距随着时间的推移、年龄的增长，逐渐显露出来。总有人抱怨社会的不公平，贬低他人，计较得失，却不从自身找原因，虚度光阴，浪费社会提供的各种资源。须知，天下没有免费的午餐。

如果再有人问我，我到这个年纪为什么还不结婚？我会告诉他，我在这个年纪做了多少事。如果再有人告诉我，你应该少做一些事，多认识一些人。我会告诉他，认识更多的人并不能提升我的生活品质，我应该去做一些让人生得到快乐和充实的事。

我和 G 一起去旅行，到过许多地方，一边游览一边拍照。我们拍路人，拍孩童，拍原野，拍花朵，也拍自己，拍旅途中每一个值得珍藏的画面。G 把这些照片洗出来，做成相册，见证我们的友谊。等到老了回忆起来，这些都是经年累积的财富。

G 一直单身。她说："单身不代表一种身份，而是一个词语，用来形容一个人足够强大，不需要依赖别人，并且很享受生活。"

我和 R 合作出书，她很认真负责地和我讨论每一篇主题、每一句措辞。她请我在她的公众号上发文章，告诉我如何跟网友互动，比起倾诉，更应该多去倾听。作家的意义不仅仅是表达自我，而是成为很多人心灵的电台，代表他们发声。

R 受过情伤。她说："我特别理解凌晨三点睡不着的人的心情。我不是坏女孩，为什么没有人好好爱我？后来我才知道，这个世界上唯有好姑娘和梦想不可辜负。"

T 的彩妆出了新品，总会寄一些小样给我，她的洗脸巾和竹炭卸妆水特别好用。我写了一篇试用心得发给她，她特别高兴，打来电话，开心得像个孩子。她把拍戏赚的钱用来投入研发和运营品牌，每一篇用户评论她都认真地回复，她的店铺销量日益增高，没有一个差评。

T 努力演戏，却始终没有出线。她说："过去我一直很焦虑，拍了这么多年戏还是不红。我开始通过做别的事情缓解焦虑，没想到一不小心做成了，我觉得这比拍戏更有价值。"

我经常去 Y 的咖啡店写作，会有猫咪走过来窝在脚边眯着眼休憩。咖啡店里陆陆续续养了十几只猫，它们有的是在大街上捡到的，有的是被人送过来的，还有的是自己走进来的。它们把这里当家，把来这儿的客人当作朋友。

Y 的服装店倒闭了。她说："我经历过失败，也经历过一贫如洗的生活，最难的时候蹲在大街上无处可去。一只流浪猫走到我身边，我突然觉得自己很像它。猫尚且可以好好地活着，人为什么不能呢？"

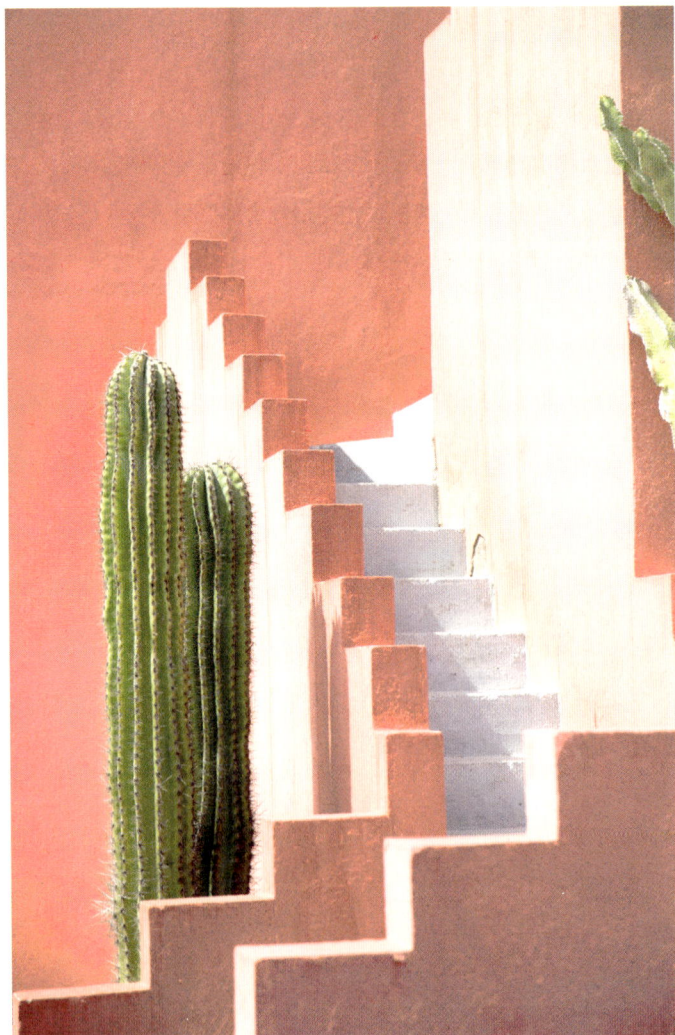

我们为了梦想一路打拼，有的在半路迷失了，有的走到终点却忘了出发的目的。当中有太多的挫折和艰辛，越到后面越体会到坚持和努力的艰难。可是，我们还是要往前走，不停地走，用尽全力。追逐梦想，这个过程超越了实现梦想的意义，它会将你训练成一个在高空走钢索，仍会抬头仰望星空的人。

这一年，我完成了人生中的第一部电视剧，写完了一本书；这一年，我走完第一百座城市，寄出第一百张明信片；这一年，我入职了一家大公司，管理着一个团队，进入职场的下一个里程；这一年，我失去了很多，也得到了很多；这一年，我终于走到了三十岁。

谢谢我的三十岁，谢谢这些年经历的世事。谢谢遇到的人，谢谢他们不屈的理想、不灭的情意。谢谢努力到今天依然有人起立鼓掌，谢谢失败，谢谢和我一起出发的那一只包、一本书、一个行李箱……

也谢谢你。

生命要浪费
在美好的事情上

//////////////////////////

日本漫画家手冢治虫在《我的漫画人生》中写道："长大后，一个人应至少拥有两个希望，坚持两件事。因各种各样的条件限制，一件受了挫折，还会有一件留下来。每个人必定会有长大成人的时候，走上社会的时候，进行人生选择的时候……在那种时候有能够选择的事物，真的很幸福。"

有一句话是，生命要浪费在美好的事情上。美好之所以可以被"浪费"，大概是因为可以让我们选择。

回想青春时代的躁动狂热：攒钱买喜欢的书籍和 CD，坐一夜火车只为看某人的一场演唱会，排一夜长队等粉丝见面会，只为远远地看他一眼，但也许什么都看不到。几次离家出走，几次打回原形，几度自暴自弃，几度重拾信心。长时间旷课，翻过学校那道不高的围墙，在初春的草地上静坐一个下午，仅仅是为了看一眼黄昏的落日。

似乎年轻是当时最能够挥霍的资本，而我们奔跑其中，不知疲累。即使那时已经站在高中毕业的边缘，伴随着无尽的恐慌与迷茫，也能坚持所坚持的，选择所选择的，不负初心，不悔当初。

多年后，我已经失去重返校园的可能，把青春埋进坟墓，被迫做了许多自以为重要的人生大事……却在那时候，无可救药地爱上了旅行。辞职、离家、浪迹天涯，我丝毫不觉得这是在浪费生命。曾幻想着可以听到喜欢的门德尔松，遐想爱琴海里温柔的海浪，在梦里描绘天空和大海的颜色。地中海不再是遥远模糊的风景，伴随着此起彼伏的海浪声，于每个午夜时分，写下深情优美的文字，记录属于感觉或感情上的领悟和收获。如此美好。

我们应该在最好的时候，尽情地挥霍自己的生命。

　　于是，过了二十五岁，我依然决定去远行，去一无所知的地方，一个双肩包、一张地图、一双脚。我曾无数次幻想，在冰岛拥有一间小屋子，可以独自出去捕鱼，亦可以和当地人一起谈笑、喝下午茶。隔着北海与西欧大陆畅想伊比利亚风情，在阿尔卑斯山脉下的中世纪庄园里看遥远朦胧的巴洛克和洛可可建筑，带着漂亮的牧羊犬在辽阔美丽的北美洲大草原上奔跑、放羊。

　　那些青春的画面，那些埋在记忆深处的场景，触手可及，偶尔被捧在手心想念。在记忆慢慢累积漫溢之时，在所有的年轻梦想、无聊思绪被附上隐形的翅膀足以起飞之后，坚持，有了它应有的选择。由心出发，不再是简单莽撞地离家出走，抑或逃避都市的快节奏生活。无所谓对错，更无所谓值不值得。

我们走过的路，以及我们要走的路。那些大人们觉得所谓的"浪费"甚至"挥霍"，那些一个人痛定思痛后的"放下"乃至"放弃"，都是因为我们还有选择，还可以坚持。即使这辈子平平淡淡，但至少快乐自由过。

我想对你说，生命要浪费在美好的事情上。

而在我的心里，生命中最美好的事情，是找到那个知道你所有的错误和缺点，但依然认为你很好很好的人，与他一起，让内心丰富、充盈，让时间在有限中得到无限延展，让彼此的灵魂碰撞出美好的火花。

愿你拥有
所有善意与温度

//////////////////////////////

　　家附近开了一家铃木食堂，我经常独自去那里吃饭。杏仁豆腐和寿喜锅非常美味，我常常点一份寿喜锅配米饭，吃完再来一份杏仁豆腐当甜品，便觉得这一天过得愉悦。人的愿望有时候非常简单，吃一顿美味的晚餐，或者度过一个宁静的下午，就会觉得快乐。

　　重读《双城记》："这是最好的时代，这是最坏的时代；这是智慧的年头，这是愚蠢的年头；这是信仰的时期，这是怀疑的时期；这是光明的季节，这是黑暗的季节；这是希望之春，这是失望之冬；我们面前什么都有，我们面前一无所有；我们都在直奔天堂，我们都在直奔相反的方向。"

　　莫名地，有着相同的感受。这是最好的时代，通信发达，科技水平发展到前所未有的高度，人类的想象无穷无尽，探索太空，星际旅行，研究 AI……这是一场无声的革命，它的速度和影响力超越任何时代。这亦是最坏的时代，全球变暖，瘟疫频发，冰川融化，珍稀动物濒临灭绝。交通堵塞，物价飞涨，城市正在变成一个个重型垃圾场，没有新鲜的空气、空旷的草地，连看一眼太阳都是奢侈。

　　住在二十四层的高楼，俯瞰灰蒙蒙的城市。从凌晨到傍晚都是一种色调，没有阳光，空气里浮动着微小尘埃。住在城市里的人戴着防毒口罩，低头佝偻着背走路，看不清脸。我已经持续一个星期没有出门，靠外卖度日。一直在看电影，从《卡罗尔》到《丹麦女孩》，从《踏雪寻梅》到《大佛普拉斯》……不大的空间内充斥着静谧的阴翳，仿佛一个绝症病人的胃。

　　许久没有抽烟了，于是点一根，站在阳台上慢慢地抽。看这座城市被雾霾笼罩，人们像是罐头里的鱼。脑海里是另一番景象，在拉瓦纳西，坐在恒河边看日出，金色的阳光洒在河面上，如同流动的星子，男女老少在河边沐浴，跪伏祝颂，如此虔诚。我们给予自然足够的爱，它会给予恩赐，反之，它会成为囚禁我们的牢笼。

　　"一条能够超越轮回，去除我们所有污染的道路，确实存在。"

　　所以一直在走，不停地走。去任何一个地方，都会给自己独处的时间。在青海，遇到一个僧人，他说："把你的手给我看看。"于是伸出手，他在我的掌心划下一道痕，并给了我一串菩提，告诉我睡不着的时候把菩提放在枕边。

　　人的恐惧来自自身。经常半夜惊醒，睁着眼睛看着黑沉沉的虚空再也睡不着。于是拿起一旁的书，翻到没有看完的那页，上面写道："我的爱如火如荼时，梦魇也在体内辗转不休。梦魇有两张面孔，白天是我的疾病，夜里化作我的恐惧。它们都出自我的爱情。爱情没有错，是我的妄想有错。"

　　那部没有写完的小说过去了很多年还是没有写完，文档更新时间定格在 2010 年。2010 年 8 月 15 日，故事在这里戛然而止，它如同一个不曾长大的孩子。这是我离家之前写的最后一部小说，我把它锁在电脑里，之后独自拉着行李箱走上外出闯荡的路。

　　我以为这辈子不会再与写作沾边，它是我的妄想。然而到最后，还是走上了这条路，这条能够超越轮回涤除所有污染的道路，它不再是我的妄想。在青海的塔尔寺，在西藏的布达拉宫，在拉瓦纳西的恒河，一路走、一路看、一路默诵，这是我的结，也是我的道。

　　那天，和一个行走江湖的盲人聊天。他说："你的生命力很强，这样的人势必要吃很多苦。好在你是一个心性柔软的人，你的柔软包裹你的刚强，像水滋养一棵铁树，这棵树越长越高，越长越茂盛，足以遮挡风雨，不被摧毁。"

　　回来的时候，我收到一个朋友寄来的明信片，上面用黑色的钢笔写道：

　　　　愿你活得彻底，即使灵魂的旅行总是遥不可及。
　　　　愿你有黑色的眉眼，滤去世间一切尘埃与黑暗。
　　　　愿时光无暇，永无病痛。
　　　　愿你拥有所有善意与温度。

用一生做对
和做好一件事

/////////////////////////////

最近抽时间回了趟家，去了高中母校，看到从前卖煎饼的老奶奶还在学校对面卖煎饼，摊子前排了长长的队伍。我走过去，跟她打了声招呼。她抬头对我笑了笑，然后继续做煎饼。

高中三年，我每天早上都会到她的摊铺前买一个煎饼。十几年了，摊子没变，她的头发却变白了，脸上的皱纹也多了。她做煎饼做了四十年，在我们学校对面卖煎饼也有二十年了。看着她低头娴熟地和面、打蛋、切葱、卷饼……我不禁感叹时光飞逝，岁月已矣。

曾经跟一个朋友聊天，说到人生中最难的事，他说，用一生做对和做好一件事，最难。

的确。我曾问过很多人：你们工作是为了什么？为了赚钱。你们喜欢自己的工作吗？大多数人不置可否，谈不上喜不喜欢，为了生计而已。有稳定工作的人尚且如此，那么一个摆小摊的呢？于是我问了老奶奶同样的问题。

"您年纪这么大了，怎么还干呢？"

"不干这个不知道干什么呀。"

"那您喜欢做煎饼吗？"

"喜欢呀，"老人家笑呵呵地说道，"我做了一辈子煎饼，这儿的人没有谁没吃过我的煎饼。"

"您为什么不去更热闹的地方开个铺子呢？"

老人家摇摇头："我在这儿挺好的，我喜欢学校，喜欢孩子们，我能为他们做煎饼很开心……他们吃着我的煎饼考上大学，我再做个十年二十年也乐意。"

　　有人说，难的不是做一件完不成的事，而是用一辈子做一件事，哪怕这件事很简单。

　　很多人觉得人生无聊，不过是日复一日重复劳作。那些手艺人，一辈子只做一件事，怎么雕好一只木雕，怎么修好一座钟表。就像卖煎饼的老奶奶，她不觉得自己是一个小摊贩，而是一个做煎饼的手艺人，她的初衷是让备考的孩子们吃得开心，做煎饼不只是为了生计，而是她一辈子的事业。

她说："你看，这些人已经离校十几年了，回来时还记得来我这儿，吃我做的煎饼。"

他们吃的何止是几块钱的煎饼啊！

这久违的、熟悉的味道，不禁让我们想起年少时每一个奋斗的清晨。那时天不亮就要上学，饿着肚子跑到学校门口买一个煎饼，咬一口，满嘴的香。那是记忆中家乡的味道，是藏在青春里的小确幸。

我轻轻地咬了一口，还是多年前的味道，一点儿都没变。和那些站在我旁边、咬着煎饼的人相视一笑，眼里有着同样的意味，我们都是来回味青春、追溯往昔的。老奶奶乐呵呵地看着我们，念道："你们啊，都是做大事的，可做再大的事，也要填饱肚子呀。"

想起那部风靡一时的纪录片《我在故宫修文物》。那些在故宫里工作了几十年的文物修复师，从十几岁开始就跟着师傅做学徒，每天在一方狭小的天地，对着一座钟或一块木头，精心打磨雕琢，一干就是一辈子。如果没有对这份工作的持久热爱和投入，是难以做到数十年如一日地专注于此的。

有一句话说，每一个专注工作的人，都在静静地发光。有些人是单纯地喜爱这份工作，有些人是出于职业精神，还有些人是为了理想。但不管出于什么原因，大家都在付出和收获的同时，实现了人生的价值。

故宫的文物修复师说："人在这世上走一趟，都想留点什么，觉得这样才有价值。"很多人认为，文物修复工作者是因为把文物修好了才有价值，其实不见得。他们在修文物的过程中，跟文物交流、发现文物背后的故事，这才是他们的价值。

梦想有大有小，工作无关贵贱。职业种类与职位高低，从来不是判定一个人成功与否的标准。如果觉得累了，觉得做一件事没有动力了，那只能说明你对它丧失了责任和情感。一辈子能做自己喜欢的事是一种幸运，难的是投入到一件不喜欢的事情上面。大多数人一生庸庸碌碌、得过且过，他们未必是做不好，而是没有做出从心的选择。

有坚定的目标和意志，自然是好的。如果没有，就学会适应，适应人生的游戏规则，适应从正在做的事情里找到乐趣。人生从来没有彩排，一旦上场，就只能尽力表演，直到终场。在谢幕之前，用尽全力去完成一个标志性动作。

那些生命中
温暖而美好的事，都是小事

//////////////////////////////////

在豆瓣上看到一个帖子："陌生人做过什么事，让你觉得世界很美好"，答案五花八门，每一件看似微不足道的事情，都让人感到一阵阵暖意。

网友A说："赶时间急着过马路，车太多很久都过不去。路边的清洁工大叔看到我的窘样，拿起清扫工具走到马路中间佯装扫垃圾挡住车流，然后微笑着示意让我趁机过去。那是我这辈子都忘不了的感动瞬间。"

网友 B 说："过春节全家人都回老家去了，只有我一个人留下来，饭店都关门了，很难找到一家吃饭的地方。走了好久终于找到一家小吃店，店主看我一个人，坐下来陪着我吃，还请我喝了一杯酸奶，当时感动得稀里哗啦的。"

网友 C 说："一个人独自拿着很多行李去学校，从大巴车上下来后一直下大雨，我手上东西太多没办法撑伞，被淋了个透。等了很久打不到车，公交也挤不上去，很狼狈地站在车站不知道怎么办才好……有个男生走过来，给我撑了很长时间的伞，我当时又冷又累，已经傻掉了，但是非常非常感动。"

诸如此类，不胜枚举。

最近看了太多黑暗压抑的社会新闻，不禁开始怀疑这个世界。看到用滴滴打车的女孩遇害，从此以后不敢坐网约车；看到疫苗造假，从此以后不敢打疫苗；看到新婚妻子被丈夫杀害，从此以后不敢谈恋爱……从什么时候开始，人与人之间充满了防备，在地铁、公交、路边，更多的是冷漠的低头族，没有人愿意抬头看看身边发生了什么。亲人同事间的交流变得刻板而客套，大家只关心巴掌间的新闻，却忽略了俯仰间的天地。

越来越多的人开始抱怨。社会矛盾滋生，亲缘关系疏离，生

活得过且过。觉得再努力这个世界也不会变得更好，还不如把自己关起来，逃避一天是一天，仿佛这样就不会受到欺骗与伤害。杰克·凯鲁亚克笔下"垮掉的那一代"，似乎又要在我们这代年轻人身上重演。

有没有那么一种方式，让你能够停下来，抬起头，看一眼身边的风景；有没有那么一句话，让你在万分沮丧的瞬间突然想起，然后被治愈。

　　在飞机上睡着了，降落的时候旁边不认识的人帮我调座椅；上学拎了一大堆东西，不认识的人帮我拎；手机掉在出租车上，司机打了个电话送回来……

　　看，其实生活中处处可见美好，我们只是缺少发现它的眼睛。

　　在去富良野看薰衣草的途中，我提着行李箱爬楼梯赶火车。因为行李箱太重了，最后几级台阶实在迈不过去。列车员吹起了口哨，示意再不飞奔过去列车就要开走了。这时，一个白发苍苍的工作人员跑过来，二话不说拎着我的行李箱就往列车门的方向跑，边跑边不忘嘱咐我走路小心点。当我终于气喘吁吁地跑上车时，他站在外面冲我微笑挥手。那时候我觉得，即使看不到薰衣草，也不枉此行。

那一年在马德里，去洗手间回来的时候发现大巴车开走了，背包行李都落在车上。除了手机，身无一物。那时还不流行微信，也没有 Facebook 和 Instagram，我急得不知道怎么办才好。一个人迷失在小山谷的驿站，看了一圈四周只有我一个亚洲人，想找人求助却不知道如何开口。就在我即将崩溃的时候，一个满头小辫儿的吉卜赛男孩儿走过来，问我需不需要帮忙。我说，我坐的大巴车开走了，行李都在车上。他二话没说，找来一辆车，把我送回了马德里市区。到了车站，又帮我去遗失行李管理处找到了我的背包和箱子。

过了这么多年，他载着我一路找行李的情景依然历历在目。我永远记得他黝黑的皮肤、满头的辫子、胳膊上的文身……他仗义的帮助让我一直心存感激，但当我想要报答他时，他却只是摆摆手，笑着说："That's OK!"

有一个人描述让他感动的场景：公交车里飞进来一只蝴蝶，

一位叔叔捉住了它，然后趁到站停车的间隙把它放飞了……那样的画面，只是想一想，就觉得生动而美好。

当你筋疲力尽在雨中搭车的时候，哪怕对方没有座位了，只是向你挥一挥手，也能感到一种温暖。

那些生命中温暖而美好的事，都是小事。

而你，是否能够暂时放下心中的不安，闭上眼，让心里的那个声音对自己说：这世界很好，你应该爱它。

愿所有独自孤单，终会成为勇敢

PART 02

愿你有英雄呵护，
也有勇气独立

////////////////////////////

"愿你有英雄呵护，也有勇气独立。"

某天，我看到这句话，感慨不已。站在三十岁的关口，往前看，是而立之年的笔直大道，往后看，是青年时期的崎岖弯路。曾经经历过险恶关隘，攀登过悬崖高峰，也驻足过美丽花园，观看过繁花似锦。这十年，是最难的十年，也是最好的十年。

十年前从事写作，还不知道要写多久，只是非常执着地坚持这件事。回看这些年走过的路，不至于动荡颠簸，却也免不了波折起伏, 所幸都走过来了。最难的时候, 恨不得一次跨过那几年, 赚钱、买房、旅行、结婚、生子……尘埃落定, 坐等老去。

一个好久没联系的摄影师朋友来上海看我, 我们约在家附近的海底捞, 聊家庭、婚姻、旅行, 结束时发现天已经亮了。她住在深圳, 一个人独居多年, 没想过谈婚论嫁, 但她说, 想要个孩子。

"孩子让我老了不至于寂寞。" 她说。

她计划这个夏天去澳大利亚拍摄五个家庭, 沿着黄金海岸, 一边拍摄一边旅行。五个家庭来自不同的城市, 有白人, 有黑人, 也有中国人。

"他们有的是工程师, 有的是大学教授, 有的是商场售货员……并不是每个家庭都是完整幸福的, 最多的一家有八个人, 最少的只有两个人。"

"是什么让你突然想要拍摄家庭?"

"这个计划已经筹备很久了, 我以前拍模特, 拍明星, 总觉得不真实。他们很好拍, 在镜头前微微仰头, 做出自以为高级的表情, 快门咔嚓一按, 特别轻松。拍他们不需要情感, 只是工作,

可我需要拍有情感、有温度的东西，那才是作品。"

　　"我以前很讨厌孩子。"她说，"这些年通过拍家庭慢慢发现，孩子是最可爱、最珍贵的，他能带给你快乐……那种真正的快乐。"

　　"你想要孩子，可能是因为你老了。"

　　"不，我觉得是我变年轻了，我想跟他们成为朋友，一起快乐地玩耍。"

她说起去年一整年都在各地拍失独老人。她深入西南农村，那里的大部分村落只有老人和孩童，年轻人都出去打工了。这一年，她没有赚一分钱，却感到无比快乐，觉得自己在做一件非常有意义的事情。每隔一段时间，她就会给自己设立一个命题，有时候是老人，有时候是罪犯，有时候是孤儿……今年开始接国外的 case，在一家摄影网站发出邀请，很快就有项目找上门来，澳大利亚是第一站。

她说："过去都只是拍独立的个体，这次不同，拍摄家庭对我来说是全新的挑战。我要和这五个家庭同吃同住，深入他们的生活，和他们一起劳作、玩耍，记录他们生活的点滴……失意的时候，快乐的时候，痛苦的时候，孤独的时候。"

"类似纪录片？"

"对，相当于一部纪录片，用胶片拍摄。"

"那很费钱。"

"确实，但我不在乎。"她满不在乎地一笑。

这跟我想的有些不一样，我以为她是像拍摄年画一样，一家

人坐在一起拍团圆照，或者是那种旅行写真，将人物融入风景，做成一本摄影集。而她却用最累也最难的方式，去一个陌生的国家，用不熟悉的语言和各个种族的人交流，克服沟通和情感的障碍，深深地融入，成为他们的家人。

"结果不重要，重要的是过程。"她慢慢陈述，"我很小的时候父母就离异了，上学过的是寄宿生活，很少回家。再后来工作，一直做摄影。你知道摄影是个体的，东奔西跑，没有群体观念。一直以来，我都没有一个'家'的概念，离群索居，不怎么跟人接触。我一直觉得自己很独立，但这并不是真正的独立，我其实很缺乏安全感，渴望被关心，被照顾，被呵护。拍摄家庭是我对自己的挑战，不是挑战工作，而是挑战内心的阴翳和恐惧，让我知道什么才是自己真正需要的。"

我们都属于社会边缘群体，摄影师、写作者都是自由职业，意味着不用朝九晚五，在格子间闲话家常，但也意味着没有同事，缺少朋友。因为家庭的关系，我们养成了独立的个性，生活中独来独往，经常一个人旅行，不需要谈恋爱……但其实很害怕孤独，很需要陪伴，深深地渴望爱情。

二十几岁的时候，曾无数次幻想有个至尊宝从天而降，有个骑着白马的英雄带我远走高飞。一次次期待，又一次次落空。这个人不是没有，而是我没有一颗想去找到他或者等到他的心，我们都活得太用力了。快到三十岁了，回头想一想，是不是因为太独立才没有这个人出现，才一个人辛苦地过了这么多年？

独立，也是需要勇气的。

二十几岁的时候，独立是本能；三十几岁的时候，独立是勇气。

她说："我们在生活中要做个大人，在情感上要做个孩童。"

走出海底捞，已经凌晨四点多，东方透出一片白。走在回家的天桥上，看到天桥下面摆了很多小摊。她像个孩子，举起相机东拍西拍。我告诉她这是上海的夜市，从晚上九十点开始，到次日凌晨四五点结束，整条街道摆满各种小摊，有很多稀奇古怪的玩意儿可以淘。

她听完兴奋地拉着我，一路跑下台阶，对着摊子上琳琅满目的小玩意儿和摆摊的小贩拍来拍去，偶尔停在一个摊子前，拿起一样东西问价钱。我远远地看着她，这一刻，她不像一个特立独行的摄影师，而是一个贪恋人间烟火的小女孩。

一轮红日慢慢从东方升起，朝霞映满天际，那么美。我留恋

地看了一会儿，感觉心中有一枚小小的太阳升起，充满了温度和力量。

"风颜，回头。"我转过身，"咔嚓"一声，她按下快门。那是一张在朝阳下微笑的脸。她说："你像一个等待英雄的姑娘。"

几日后，她把这张照片洗出来寄给我，我在背面写下一句话：

愿你有英雄呵护，也有勇气独立。

你只需做那个
小小的你，然后去爱

　　有一首歌叫《小小》，有段时间我特别喜欢听。歌词是这样的："我的心里从此住了一个人，曾经模样小小的我们，那年你搬小小的板凳，为戏入迷我也一路跟……"大抵是讲两小无猜的感情。

　　珍贵的感情，往往来自少年时代，懵懂纯洁，简单直接。和隔壁的同伴玩过家家，我做新娘，他做新郎，牵牵手相视一笑，那是童年最好的时光。第一次喜欢一个人是在小学，八九岁的年纪，看电视里男女主角亲吻会脸红，憧憬着也被一个男孩亲吻。那个男孩，成了我的第一个暗恋对象。

那时家里开浴室（北方称"澡堂"），他每周六来洗澡，我坐在吧台里，他站在吧台外，他付钱，我给票，除此之外一句话也不说。我们是一个班的，坐前后桌，除了课上传递作业本和试卷，没有其他的交流。就是这样一个男孩，每周六晚上来洗澡，风雨无阻。有一次，他妈妈碰到我妈妈，开玩笑似的说："我儿子啊，家里明明可以洗澡，他偏要来你们家。"

我们同学六年，一直是前后桌，却直到六年级才有了交集。一次考试，我语文考了满分，他数学考了满分，他主动来问我："你作文怎么写的，能不能教教我？"我反问他："那你数学怎么考的，能不能也教教我？"我们相视一笑，成了彼此的课外辅导老师。

从此以后，他每天晚上借补习之名给我打电话，我们一聊就是一个多小时，其实大部分时间都不是在聊功课。后来，被他妈妈发现了，我们的座位被隔开，每天放学他妈妈都来接他，他的电话也被没收……我们断了联系，之后没多久就毕业了。

我们意外地进了同一所初中，我在一班，他在四班。因为长相好、成绩优异，有很多女生暗恋他，每次经过他的班级门前，都能听到女生喊他的名字。我以为那点刚萌芽就被掐断的暗恋草草结束了，于是看到他装不认识。而他每次看到我，都欲言又止。

过了许多年，我们都毕业工作了。有一次，他妈妈跟我妈妈在超市遇到，孩子们都长大了，有些话说出来也就没有顾忌了。他妈妈说："我儿子从小就喜欢你女儿，六年级他追你女儿，还以为我不知道。那会儿孩子还小，我不能让他早恋啊，所以管他很严，还打过他……"

我妈妈笑笑，不置可否。对方继续说："小升初我儿子原本跟你女儿不是一个学校，是他向我保证一定考第一名，让我跟学校打听你女儿去了哪个学校，硬求人家调过去的。"

原来我们初中在一个学校是他用第一名换来的，原来他每次看到我的欲言又止，藏着如此深的用心……时过境迁，这么多年后才得知，却不能再延续少年时的美好了。

妈妈问我："那个周玮，你喜欢过他吗？"

我想起那一年中考，意外地跟他分在同一个考场。最后一场考完，他走过来给了我一本书，那是六年级时我借给他的作文书。他说："以后也不知道能不能在一个学校了，还给你。"

我当时考得不好，心情很糟，他还我书时我误会他要跟我决裂，一气之下把书带回家扔了。妈妈重新拿出这本书，封面当年已经被我撕了，她把书递给我说："你翻开看看。"我依言打开书，看到了一张泛黄的同学录。

他以还书的名义，送给我他写的同学录。左上角是一张他的学生照，中间是个人资料，最下面是他写的话，只有一句："我希望成为和你相处时间最长的同学。"

他把九年里所有要对我说的话，浓缩成这一句："我希望成为和你相处时间最长的同学……"一语道尽全部心意。

这些年，好像一直都没怎么爱过人，也一直没谈过恋爱。碰到有感觉的男孩子，不会主动去追求，有追求自己的，也总是礼貌地拒绝。

五年的空窗期。有人说，一个女孩在最好的年华里都没有谈一场恋爱，实在可惜，我却不觉得遗憾。因为没有遇到那个一眼认定的人，我不会轻易把自己交出去。年纪越长，对待感情的态度越就真，不想儿戏，不想见一个爱一个，爱一个错一个。很多人问我，着急吗？我说，不着急。我的男孩还在来的路上，他要翻过山、越过海才能见到我。

他们都觉得我很天真，只有我自己知道我很认真。

一个人说，我的快乐都是微小的事情。的确，简单的快乐才是真的快乐。如一滴汇入涓流的水，如一颗点缀夜空的星，看似微小，却十分重要。

而你，只需做那个小小的你，然后去爱。

即使一生遇不到
对的人，也会遇见更好的自己

妈妈来北京跟我一起生活，看我每天忙于工作，忍不住念叨："你都快三十了，什么时候才找对象啊……"这样的话，她几乎每周都会说两三次。刚开始我还能应付几句，时间久了便麻木了。后来她再说，我忍不住会顶撞两句，或者干脆就转身进房间，两个人的关系一度闹僵。有一次，她气得收拾行李，说："你长大了，翅膀硬了，我管不住你，我们还是别在一起过了。"我明白她的心，却懒得解释。

我是个听话的孩子，从小到大，没有一件事让妈妈操心，唯独找对象例外。这件事比高考、工作、赚钱、买房加起来都难。老家的发小、同学，一到二十五六岁纷纷结婚生子，甚至有的刚满法定年龄就领证，也不知道他们都是怎么找到对象的。那些不怎么发朋友圈的昔日好友，冷不丁就晒出一张结婚证或者一张B超单，晒得我都开始怀疑人生了。

对女人而言，何为美满人生？是独立自强，成为自己的"大女主"，还是嫁人生子，成为别人的"好媳妇"？有句俗话说，干得好不如嫁得好。也有人说，读那么多书、赚那么多钱有什么用，到头来还不是没人要……每当听到类似的话，我总想回击几句，后来想想算了，社会观念如此，你越解释他们越歧视，自己过得好就好了。

那天，我又和母亲因为找对象的话题大吵一架，她气得说自己人生失败，不想过了。她说这句话的时候，我在想，我才是人生失败，起码她还有我这个女儿，而我有什么呢？长这么大，别人眼里的成功并没有给我带来多少骄傲和快乐。我不是那种有惊人天赋的人，只是目标坚定，心意执着，就这么一条路走到如今。在爱情上，我跟母亲一样，对爱赤诚，一心一意；又跟她不同，她强势，掌控欲强，她也脆弱，依赖伴侣。父亲走后，她的那棵大树不在了，她内心深处的依靠被摧毁，变得不堪一击。

于是她希望我找到那个人，那个能代替她将我照顾得很好的人。她总是对我说："你爸爸不在了，将来我也会不在。你如果不成家，以后老了怎么办，谁来照顾你呢？"她却不知道，她的女儿并不需要照顾。

爱情不是一方需要另一方，婚姻也不是，婚姻是陪伴。我很寂寞，所以我要找一个陪伴我的人，可是两人在一起就不会寂寞吗？没有感情更寂寞。爱人之间的相伴，有让彼此珍惜的情感，有彼此互相需要的不可替代性。可以谈十几次恋爱，却不可能结十几次婚。故而，我愿意倾尽一生，找到那个让我不费力就能在一起的人，让我一眼就认定，可以陪伴一生的人。让我照顾他，让他爱着我。

我们去一个阿姨家做客，他们一家很早就到上海打拼，早早置业买房，在上海过得非常富足。他们的女儿跟我同龄，二十岁就结婚了，嫁给本地一个有钱人家，家里有七八套房产。她结婚后没有工作，先后生了两个孩子，一儿一女，女儿上小学，儿子也到了读幼儿园的年纪。然而，看起来美满幸福的家庭，却有着不为人知的苦恼。

阿姨的女儿在生二胎的时候得了产后抑郁症，身体也受到影响，以至于多年都没有恢复。每晚失眠，有时候控制不住情绪，失控虐待两个孩子。有一次她带孩子出去旅行，在飞机上抑郁症发作，差点勒死大女儿，幸好身边的人及时发现制止。阿姨对我们哭诉，多年抚育女儿不易，没考上大学就给她安排工作，帮她找好婆家，给她带孩子，她不想工作就不工作，怕她在婆家受欺负，给她买了两套房。别人一辈子在上海打拼都得不到的，她全都有了，可是她不快乐。她埋怨父母对她的管控，埋怨丈夫贪玩不归家，埋怨公婆嫌弃她不找工作，埋怨孩子跟自己不亲近……她的抑郁症越来越重，数次想轻生，阿姨不得不早早退休把她接回家里，一边照顾孩子，一边照顾她。

阿姨对我妈说："我女儿特别羡慕你女儿，年纪轻轻就有所成就，自由自在，到处旅行。如果时光倒流，我不会再让女儿当妈宝，什么都给她安排好。路是要靠自己走的，再亲的人也不能安排她的人生，这会毁了她。"

回去的路上，我们都很沉默。快到家的时候，妈妈停下来向我道歉，她说："我很庆幸把你培养成现在的样子，如果逼你结婚，过世俗人眼里的生活让你不快乐，我宁可你一辈子就这样，只要你开心就好。妈妈会永远陪着你，直到你不再需要我。"

那一刻，我的眼泪落了下来。母女之间多年的心结终于解开，我们又回到了最初的亲密无间。从前是两个人，现在依旧是两个人。不同的是，从前的我们相处得如履薄冰，现在的我们潇洒肆意。这辈子，我都不会丢下妈妈，也不会做她的妈宝，只会做她的大树。

努力让自己越来越好，哪怕是一个人。

努力让自己等得起，相信最好的总会在恰当的时间出现。

对自己说："即使一生遇不到对的人，也会遇见更好的自己。"

不要随便
和喜欢的人聊天

////////////////////////////

M 来找我，说她失恋了。

M 是一个制片人，年纪轻轻，有着美丽的外表和大好的前程。
我听她断断续续地说了许久，说如何为对方付出，给他钱，送他
奢侈品，结果她一头栽进去，人财两空。

M 喜欢的是一个台湾人，那个台湾人有妻子和若干情人。M
和他是在剧组认识的，刚认识的时候，M 不知道这个台湾人已经
结婚。他把自己包装得很好，礼貌、体贴、细心、风趣。在认识

他之前，M 空窗了很久，身边陡然有一个成熟有风度、体贴有礼节的男人靠近，令她疲惫空虚的心得到了慰藉。

"三年。"她对我说，"距离上段恋情过去了三年。你问我喜不喜欢他，一开始我是不喜欢的。我对人一直戒备心很重，何况是感情的投入……但是慢慢的，我有点撑不住了。他对我太好了，一点点地攻陷了我的心。"

所谓细水长流，再优秀强大的女人，也架不住男人的甜蜜攻势。他细心周到，温柔体贴，肯放下架子，还会哄人。M 是一点点被对方征服的。她也挣扎过、怀疑过，觉得这个男人莫名对她好是另有所图，直到他真诚地告诉她，他爱她。

于是 M 相信了，和对方谈起恋爱。可是好景不长，她很快就发现了问题。男人总是趁她不注意的时候和别人发很长时间的微信，每晚固定在一个时间段消失。M 是那种很聪明也很敏感的女孩，她索性和对方摊牌，问他是不是除了她还有别人。令她想不到的是，对方很快承认了，告诉她自己在台湾有家庭，和妻子结婚多年，没有孩子。

"没有孩子就能成为你鬼混的借口吗？"M 很想把这句话说出来，但她忍了忍，还是没有开口。她说："那我们没有以后了。"

男人表现得很冷静，他说："你再考虑考虑。我也爱你，可我暂时没办法离婚。"

"是没办法呢还是不想呢？"M 问道。

男人说："这个话题结束吧。"

随着对话的结束，M 和对方开始了长时间的冷战。虽然依然生活在同一个屋檐下，依然要进行日常工作的对接，但 M 没办法再像从前那样和对方相处。她很要强，三年来一直有人追求她，但始终没有一个人走进她的心。在她想要结婚的年纪，有个男人让她觉得可以共度此生，结果是个骗子，她被迫成了"第三者"。

"也许还是第四者、第五者。" M 嘲讽道，"我慢慢地发现，他在剧组还有暧昧对象，经常出入对方的房间，我只是忍着不说而已。"

"为什么不说呢？"我问，"揭露他的真面目，别让更多像你这样的女孩上当受骗。"

"算了。"M 咬着牙，眼里有泪，看得出来她很难受，"我们还有工作对接，我们的朋友圈还有许多共同好友，我不想撕破脸。等到项目结束了，我就跟他一刀两断。"

我递给她一杯热茶，看得出来，她依然对那个男人有感情。我说："感情不是任性，不是今天想在一起就在一起，明天不想在一起就不在一起了。你跟他在一起之前，没有想过先问你们的共同好友他有没有结婚吗？如果决定投入，一定要把对方的身家背景搞清楚，否则一旦陷进去，想抽身出来就很难了。"

她点点头，说："是啊。"她还年轻，二十七岁，人生还有无限可能，不必为一个走不到一起的人伤神伤心。

"你为他流的泪他知道吗？"我继续说，"就算知道了，他也不会改变想法，更不会离婚，他跟你在一起不过是一时兴起。他喜欢你，也喜欢很多人，今天喜欢你，明天喜欢别人。对他来说，爱情是日用品，就像袜子一样，今天穿破了，明天换一双就是了。可对你而言，爱情是稀缺品，你费尽心力得到了，就想把它好好珍藏起来，不再弄丢了。"

她沉默许久，喝完一杯热茶，抬起头看着我，告诉我她想通了。她的眼里有彻悟之后决然的光——要跟那个男人彻底断绝关系，而不是嘴上说说。之前的彷徨、纠结只是因为还对他留情，可一旦留情，就会让对方钻了空子，让这段糟糕的关系还有继续的可能，

到头来，受伤的还是自己。

　　"那些什么工作、共同好友都不是你无法跟他斩断的理由。这段感情对你而言并不羞耻，它给了你教训和经验，在爱情里你会变得更强大，更有主动权。失恋固然难受，挺过来就是赢家。"

　　在爱情中，我们其实都是小女孩，都渴望有人爱、被人宠。好的爱情不是一时情迷，不是委曲求全迎合对方。在爱情里获胜的不是勇士，而是智者。

我始终觉得，美好的爱情是存在的，有青梅竹马，也有心意相知，有最好的年纪嫁给最好的人，也有睡在老伴的身边六十年还为对方盖被子……在人生漫长的旅途中，有无数次遇见爱情的可能。我们要学会接受，也要学会拒绝，学会争取，也要学会放弃。

不要随便和喜欢的人聊天，不要让自己很快被对方看透。爱情需要门当户对，需要势均力敌，亦需要同等的心智和情商。彼此之间更像行动契合的猎手，而非猎物和猎人的关系。

我最喜欢相互赞赏的感情，在彼此眼里是独一无二、无可替代的。这种独一无二不是因为你美丽或者他有钱，而是你们有默契的灵魂，闭着眼也能闻到对方的味道。好的爱人，会将你当作稀缺品供养起来，你亦会感受到心意的珍贵。

夜阑听雨，终会等到花开。

经常请吃饭的漂亮姐姐

工作有了新变动，我搬进了酒仙桥的公寓。那是一间日式公寓，小小的，但是很整洁。昼伏夜出，白天睡眠，晚上工作，唯一的消遣是看一部热播韩剧——《经常请吃饭的漂亮姐姐》。朋友晓时对它的评价是：这是一部你看了会在床上打滚，喝绿豆汤不用加糖的甜剧。

我说："我本来喝绿豆汤就不加糖。"

晓时喊了声，说："你可真没劲。总之，这就是一部让你看了想谈恋爱的剧，很适合你。"

正值初夏，我一边喝着绿豆汤一边看剧，空气仿佛沾上了卡布奇诺的奶沫，伴随着"Bossa Nova（巴萨诺瓦）"的轻快乐音，还真是看了就想恋爱。丁海寅的笑一直在我心间荡漾，于是我捂着脸露出了"姨母笑"，好像自己就是那个请吃饭的漂亮姐姐。

女人哪，不管到什么年纪，都怀着一颗冒着粉红泡泡的少女心。哪怕对男人再挑剔，单身再久，看到好看的、气质出众的男孩子，还是会对他花痴、冒星星眼，这种心态无关年龄。

剧中男女主角相差好几岁，一直被男主角称为姐姐的女主角三十五岁遭遇男友劈腿，分手后遇到了留学归国的男主角。他是她闺密的弟弟，也是她的弟弟。他们在一栋楼上班，电梯、街道、天台……在各种场合不期而遇。于是姐姐请弟弟吃饭，弟弟送姐姐回家，一来二去，爱情的焰火在空中绽放，如此美好。

他们的爱情在日常生活中萌芽。下雨天，弟弟在便利店故意只买一把伞，就是为了跟姐姐共撑一把。他的手藏在身后，想触碰又不敢，紧张、忐忑、心怦怦直跳，表面上却不动声色地与姐姐嬉笑。姐姐对弟弟暗藏情意，怕被同事发现，明明喜欢却不敢表示。公司联谊，一帮人聚在一起吃吃喝喝，谈笑间姐姐用穿着性感丝袜的脚在桌下跟弟弟调情，暗流涌动，暧昧浮现。

每隔一段时间，就会有一部韩剧填补我空虚的单身生活。韩国人太会拍恋爱剧了，把那种男女之间的小心思、小暧昧拍得细腻入微，真实得好像就发生在自己身上，让我时常发出"明天就要找个人谈恋爱""今天就要在梦里和男神相会"诸如此类的感叹。

晓时说："怎么样，看了是不是想谈恋爱？"

我点点头，确实。

"多看韩剧，自然就有男朋友了。"晓时喋喋不休。

"不应该是更找不到男朋友了吗？"

"……"晓时无语地看着我。

"难道不是吗？生活里哪有这么完美的恋人啊，照这个标准，估计要打一辈子光棍了。"

"没让你照这个标准找，是让你学会怎么找。"晓时纠正道，一副师父用心教徒弟不上道的样子，"不是每个大龄剩女都要靠相亲解决，机会有可能就在身边，在你的同事、邻居、朋友的朋友中间，懂？"

我点点头，喝下了最后一口绿豆汤。

晓时是时尚编辑，现在已经混到了副主编，不出意外再过两年，就能荣升主编。用她的话说："到时候呼风唤雨，要什么帅哥有什么帅哥。"晓时嘿嘿贼笑，两眼放光。

我和晓时是大学同学，但不是一个系的。直到毕业几年后，在一次聚会上认识了，才知道我们原来不仅是同校同届，还上过同一堂公共课。我俩一见如故，都在对方身上找到了与自己相同的属性：单身。

单身且多年单身的副作用是，对异性产生了抗体，都是嘴上逞强心里犯尿的同类。有一次她约我参加一个 party，说叫了八个男模来助兴。我到了工体拾叁，她包了一个卡座，真的叫了八个帅哥，还有巴西和俄罗斯的。她一杯杯地叫那些帅哥陪她喝酒，场面甚是壮观。见到我来，她冲我招手，说："姐姐给你选的帅哥随便挑。"

我尿了，不但没喝酒，还没骨气地跑了。过后她说我不讲义气，我说我年纪大了消受不起。她笑得上气不接下气，然后勾着我的肩膀在我耳边说："我那天喝多了，借着上厕所的工夫跑了，酒钱也没付。那帮男的本来想蹭我的酒，结果被我耍了，也不知道后来有没有打起来哈哈……"

我听了不置可否。不了解她的人会觉得她很能玩，但我知道那只是出于寂寞。

晓时说："像我们这种姐姐啊，为什么嫁不出去呢？"

"因为太漂亮了吧。"我安慰她道。

"漂亮姐姐嫁不出去也可以谈恋爱啊……我为什么没有恋爱呢？"

"那是因为没请吃饭吧。"我继续安慰她。

"喊，作家都像你这么能编吗……"晓时白了我一眼。

我们平常各自忙碌，偶尔见面互损，聊的几乎都是情感和八卦。她一拍桌子，放下酒杯道："我一个朋友说，三里屯有个算塔罗的特别灵，不然咱们去算算？"

"你这是病急乱投医。"

"你就说去不去吧，我想在圣诞节之前让自己脱单。"

"为什么是圣诞节啊？"

"这样就有人送我红苹果了啊。"

然而没有等到去三里屯算塔罗，晓时就脱单了。

她约我去经常见面的居酒屋，清酒喝了三巡，她说："我恋爱了。你猜，我的男朋友是谁？"

我配合着说："是谁？"

"是我刚招进来的，特别神奇……" 晓时的男朋友是她招进来的同事。

"你们杂志社还允许办公室恋情啊？" 我唏嘘道。

"他是摄影师，兼职的，平时不坐班，不算办公室恋情啦。"

"你们怎么在一起的？"

"就吃了两顿饭。"

"就吃了两顿饭？"我一下子不太能接受这个过程。

"对啊。"晓时点点头，"没谈恋爱的时候我发现特别难，谈了恋爱发现特别简单。我请他吃了一顿饭，他也回请了我一顿，就这么在一起了。当然，我是对他有观察的，他穿的衬衣和喷的香水都是我喜欢的牌子。"

如果是这样的话，那真的是天公作美。其实两个人在一起，未必要经历很多事情，跟时间也没有多少关系。有感觉了就在一起，哪怕是一个眼神、一次触碰，如此简单。我听着配乐 *Whistling Love*（《吹着口哨爱你》），煮了一碗绿豆汤。不知不觉间，在这间公寓住了半年了，似乎什么都没变，又似乎一切都在悄然改变。

又过了一阵子，晓时突然打来电话："姐姐你看完了吗？"

"姐姐什么看完了？"

"《漂亮姐姐》啊，你以为我叫你姐姐呢，看完了吗？"

"还没。"

"那你每天都在忙什么啊？"

"忙工作，写书，思考，什么时候出去旅行……"

"天，你可别再想着一个人出去旅行了，找个人陪你吧。"

"在哪儿呢？"我笑着问。

"学学我啊，招个助理，哪怕是个送外卖的，只要长得帅就行。"我被逗笑了，她说，"好了不贫了，说正经的，等你看完了，也找个人请他吃饭吧。"

"嗯。"我微微一笑，"找个会做绿豆汤的。"

真正坚强的人不是不落泪，
而是会含着眼泪奔跑
//////////////////////////

最近，看到了一则深受触动的新闻：在加拿大西南部海岸，一只虎鲸宝宝刚出生半小时就不幸离世了，虎鲸妈妈顶着孩子的尸体在水里游了十七天。孩子走了以后，虎鲸妈妈一直没有进食，它拖着疲惫饥饿的身体，艰难地顶着孩子痛苦地前行。每次虎鲸宝宝从它头顶滑落，它都要做六到七次呼吸才能进行一次长时间的深潜，把宝宝再次捞上水面。它舍不得放手让宝宝离开，用这种最痛心也最坚强的方式送自己的孩子最后一程。

想起那句话，真正坚强的人不是不落泪，而是会含着眼泪奔跑。

有一天凌晨，我看到一个清洁工人坐在路边放声痛哭。不知道他发生了什么事，虽然很想上前帮助他，但又觉得，或许他只是想在无人的时候静静地释放情绪，因为白天的劳作不允许他暴露自己的难过。我默默地看了许久，直到他直起佝偻的身子，擦了擦脸上的泪，拿起扫帚开始清扫马路。

那些送外卖的、做代驾的，风里来雨里去，默默劳作，辛苦委屈无处诉说；环卫工人天不亮就要到大街上清扫，他们做着最脏最累的活，要赶在交通系统开始运作之前恢复城市的清洁；月嫂背井离乡，在别人家里带孩子，自己的孩子却留在老家无人照顾；建筑工人顶着四十摄氏度的高温高空作业，不顾身体健康，建造出一幢幢摩天大楼……他们是生活在这个社会底层的艰苦朴素的人，也是最坚强、最值得敬重的群体。

有时候，人心中承受之重是无法用言语表达的。想哭，却无泪，困境依旧是困境，只得咬着牙埋头继续干。生活的挫折渐渐压弯了自己的腰，从前桀骜不驯挺直腰杆怨天怨地，而今委曲求全佝偻身躯隐忍度日。怎样做都没有错，但怎样做都有违初衷。

有一年下大雪，我从天津回家过年。要坐十几个小时的火车先到南京，车厢拥挤肮脏，没有座位。过道里全是人，有的躺在别人的座位下面，有的席地坐在角落里，有的倚靠在自己的行李

箱上，还有的干脆站着。我斜倚在列车门边，远离车厢里的人，因为害怕睡着了背包被偷走，不敢闭眼。就这样过了一夜，想了一夜，脑海里全是对未来的憧憬和担忧，仿佛这列火车是从过去开往未来，心里充满着对前路不可预知的迷茫。

因为下大雪，中途遭遇了几次紧急停车。我看到那些军人和铁路工人在冰天雪地里用铁锹铲着积雪，衣服和鞋都湿了，他们忙碌坚强的身影在苍茫的雪地里犹如一座座丰碑。这一夜，不停地听到有人咳嗽，老人的喘息声、孩子的哭声，他们想要回家的心情可想而知。然而就在火车因故障停下来，列车员告诉我们需要清理铁道，出发时间待定时，原本嘈杂的车厢一下子安静下来。人们睡意全无，纷纷看向窗外那些在大雪中奔忙的身影。一个被母亲抱在怀中的孩子咿咿呀呀地对着窗外挥手，老人的眼里噙着泪。

那一刻，没有人急着要回家。所有人都目不转睛地注视着窗外，牵挂着被风雪吞噬的身影。当铁道被清理干净，火车重新启程时，车厢里爆发出一阵欢呼。那些奋战在一线的工作人员在风雪中向我们挥手致意，我们亦同样挥手向他们表示感谢。笑容在脸上，情意在心中，那一幕，印在我的脑海里很多年。

脆弱、孤单的时候，想一想有人比你更脆弱、更孤单，也就没那么难了。当感觉人生不那么如意，觉得自己再也坚持不下去的时候，请记得对自己说：没关系，大家都是这样过来的。

今夜有雪，从南京坐高铁回北京。十年前，我要花十几个小时站着回去，十年后，坐着看两部电影就到站了。科技在进步，生活在改善，我们还有什么不满足的呢？所有的退缩和杞人忧天，都是心性里的顽疾。人生的痛，并非失败，而是没有经历自己想要经历的一切。

很多年前写道："凡力所能及的，我都去做。除此之外，唯有好好把握生活，珍惜生活。我要爱我的家人，我的父亲、母亲。爱我少得可怜的朋友，爱每一个善待我、帮助过我的人，即使不知姓名。我亦要爱我的工作、我的理想、我的人生。而今我尚年轻，我爱着我的年轻，爱着那些即将遗忘的、终将消逝的岁月……爱着明天。"

爱着明天。

伤痕也要是一种骄傲

\\\\\\\\\\\\\\\\\\\\\\\\\\\\\\\\\\\\\\

痛了很久的伤口变成疤，留在身上就叫作痕迹，也是纪念。很多人喜欢文身，蝴蝶、字母、姓名、句子……每一种图案都有不同的寓意，为失恋、为哀悼、为教训、为信念……我印象很深的文身是一句话——Keep My Faith（坚持我的信念），哥哥把它文在了胸口。他说，这是爱，我不懂。

我确实不懂。我若懂，也不会为此执迷这么久。

我很早就独立了，也很早就明白，这世上有一种感情，刻入体肤，与血肉同在。懂事之前，本能地想讨好每一个人，他们给我一个笑，我的世界就灿烂了。那时候其实不懂所谓的感情，所谓的亲疏有别。懂事意味着情动，那个给你笑的人，一定是唯一的，他会让你明白什么是爱。

春天的花开得很美，时光悄然流走不觉，只是让人贪恋。走路的人、谈天的人、喝茶的人、赏花的人，每个人的脸上都流露出隐约的笑意，恰似一种温情。繁花之中尤喜茶花，三四月间开放，花期不算太长。花朵饱满、明艳，花瓣是温柔的粉色，闻起来有股清透的茶香。

人的感情就如茶花，花期一过，即刻凋谢。满室茶香萦绕，还是留有想念的余地。待到新花开、旧花落，热闹已成过去，当下唯有静默。像花一样，有开有谢，顺其自然。我们要等待的不是花期，而是花期之后那漫长的余年，凋谢后以怎样的姿态再度示人。

屏风上的寒梅很美，但若置于百花中，寒梅未必能让人眼前一亮。我们做任何事情，都要宜景宜情，即使与一个陌生人说话，也要懂得应时应地的技巧。

能获得什么样的感情，取决于你是怎样的人。你平实，感情

也平实；你虚华，感情也虚华。你如何待它，它便如何回报你。年轻姑娘容颜娇美、资质出众，以为这样就能交换到想要的感情，其实她并不明白自己想要的是什么。

人因脆弱，总想把将离去的都留住，好景、好情、好时光。我们如此留恋美，亦同样执着于不美。再丑陋的疤痕都要留在身上，不愿擦掉或用别的东西遮盖。它见证着玩世不恭的青春岁月，坎坷曲折的心路历程，从喧嚣归于平寂的盛大恋情。它让你明白，有些事、有些情，都要自己去经历，忍得了痛，才能破茧成蝶，回归最初的清白。

"伤痕也要是一种骄傲。"

走过黑暗，尝过冷暖，享受过成功，遭遇过失败，我们如何以淡定的姿态立于世，不困于心。即使人到中年，也未必通达。归根到底，人的生活其实是平淡的。平淡地享受生命带给我们的微小喜悦，邂逅一段不算贵的爱情，把它"买"下来，珍藏在盒子里。对待它要比摆在琉璃架上以供挑选的收藏品更有耐心，因为它是你的，不是别人的。

骄傲是一种气质，要做平淡有气质的人。有人说，狮子的忧伤你永远不会知道，因为它太骄傲。快乐的时候，我们要尽情地快乐，留给外人真诚可爱的一面。即使有伤，也是在心上，要慢慢治愈。我的伤痕你不必知道，我有足够的时间和信念，使它消失。

　　"懂事之后，你觉得会爱这个人一辈子，那也许就是真的了……"

　　是的，即使很受伤。

你努力合群的样子，
真的很孤独

///////////////////////////

某天，有人突然跟我说了一句话："你努力合群的样子，真的很孤独。"

我从小就不是爱热闹的性格，每当家里有客人来，我总喜欢躲在房门的后面。小学六年，每学期期末，成绩单上的评语都是："该生性格较内向……"

说话小声，做事迟缓，跟现在判若两人。但我知道，我骨子里还是那个内向孤僻、喜欢把自己关起来的人。

这么多年，我非常努力地走到今天，人为地改变了外在的性格。努力变得合群，和不熟悉的人处好关系，公众场合呼朋引伴，觥筹交错间热络寒暄，脸上挂着笑，心却是厌烦的。有人对我说："起初认识你，以为你很外向很好相处，其实不是的。你只是看起来好接触，你的内心总是和人保持距离。"

我是这样的，那么你呢？

生活在大城市，过得辛酸压抑，你会在深夜痛哭吗？会一个人在寂静无人的马路跑步，跑到力竭说不出话吗？会醉倒在空荡的客厅沙发，直到清晨的第一缕阳光把你叫醒吗？或是在三十层的办公楼加班到凌晨两点，出门看不到一个人、打不到一辆车。在方案拿不出来被领导批评，在和恋人大吵一架说出"我们分手吧"的那个瞬间，你，会不会觉得孤独，觉得这个世界没有人关心你，没有人懂你？

细数人生孤独的事：看见穿着情侣装的恋人牵手走过；有一堆明明不敢面对却又舍不得删除的照片；看见一个似曾相识的背影，停下来呆立好久；做梦梦见心爱的人，醒来却只有自己；想念对方的时候，对方却不知道；夜晚，一个人面对黑暗和寂寞……

　　很多个夜晚，我就是这样一个人面对黑暗和寂寞，心里有个声音在叹息：你看你，不喜欢为什么还要勉强⋯⋯

　　一个许久未见的朋友在一场发布会上见到我，远远地走过来，他的眼里满是惊讶和赞叹。他说："好久没见到你，你的状态比以前好多了，人也变美了。看你这么忙，是怎么做到的？"

　　我说："每天熬夜，凌晨三点睡，早上八点起，一天睡五个小时。

不吃早饭，做空中飞人。每天加班，随时解决突发状况，和人吵架，撕合同……"

他说："停，停，停，你是诓我的吧？"

我说："这就是我的生活。"

"那你状态还这么好？"

"与工作斗，与人生斗，其乐无穷。"

他不想听我鬼扯，一脸的不可置信，挥挥手走了。他一定不相信我说的，但这就是我这几年的生活。身边的朋友很少知道我的病：因为不吃早饭，得了慢性胃炎；因为长时间伏案，得了颈椎病；因为长久劳累，得不到充分的休息，长了肿瘤。医生说，要是再这样下去，我等不到年老，就要躺在床上被人照顾了。他说得委婉，我听得心凉。

可是，我还是假装过得很好，白天风尘仆仆，精神抖擞，夜晚孤枕难眠，满身伤痛。最痛的时候曾想，我若是就这么死了，除了妈妈，没有人会记得我。其实我并不在乎那些不记得我的人，我只想对我好的人免受苦厄，不为我难过。

中秋节的时候，一个人在北京，有个人发来短信，对我说"中秋快乐"。我其实并不想和这个人有联系，然而在那个秋凉的夜晚，独自在异乡过节，这个人给我发了一句问候。他说："我知道，有很多人给你发了这四个字，或许他们只是应景地发个祝福，未必关心你一个人过得好不好。而我希望这个中秋有人陪你过，在你身边说，中秋快乐。"

很多时候，我们假装很好，我们的亲人、朋友、同事也以为我们真的过得很好……其实不然。逢年过节，他们发来问候：你好吗？只会回答：我很好。那一声问候，那一句回答，不过是应时应景，没有人知道你到底过得好不好。

其实，我说"我很好"的时候，多希望有人能揭穿我，抱住我说："我知道，其实你并不好。"

正如，有人对我说："你不必伪装自己，你努力合群的样子，真的很孤独。"

晚安，
第一千零一次

深夜，翻出过去的旧作，有一篇是写给自己的信，当中有段话:

我们的人生不可以重复，只有过与过去，没有好与
不好。我总觉得有些事、有些人，时间一到，就自动瓦
解消失了。以前不太懂得原谅，其实是不放过自己。后
来经历越多，怜悯就越多，慈悲心让我看到每个人的苦
衷和隐痛。反观自己，好像没有什么是不能原谅的，也
没有什么是不能接受的。

　　当时每晚失眠，压力大到爆棚。2015 年开始做一个项目，做了三年，项目还是没有折腾出来，当中困难重重，不断经历人事变故。有几个成员的家人相继离世，也有新生命降临，诸事循环，如此往复。

　　这几年，反复想的是，人为什么过得不快乐。饭吃不好，觉睡不好，最严重的一次，三天三夜没有合眼，明明身心疲惫至极，大脑却始终没有发出休息的讯号。我知道应该让自己放松下来，哪怕有十分钟的时间下楼跑个步，都会有不一样的改变。

　　做完十二道心理测试题，总结出失眠的原因是严重焦虑和没有安全感。最好的办法是离开现在的环境，找一个远离工作和困境的地方，调养几年。可对一个工作狂而言，这几乎是不可能的。于是继续工作，继续失眠，身体越来越坏，以致生病。

　　2017 年冬天，我的身体出现了一些不好的反应。吃饭反胃，吃一点就吐，大多数食物都要忌口，一下子瘦了八斤。过敏，皮肤上起了大片红疹，迟迟不退。脖子上长了一个瘤，发作的时候头痛欲裂，连话都不能说。

　　那时候在项目上，大事小事都要管，生病也要强撑着。医生开了含激素的消炎药，吃了几次也没有效果；跑了医院好多次，各种检查做遍都得不出结果……因为生病的关系，我的情绪也不稳定，从而导致病情发作得更厉害，脖子上的瘤越长越大，压迫神经，到了要立刻住院的地步。

没有人帮忙，所有的苦痛必须独自承受。那种刺入心灵深处的痛，我一辈子都忘不了。

经朋友介绍去协和医院，请了最权威的口腔科专家。经过CT、核磁等一系列检查，最后诊断我得了腮腺血管瘤（另有一种说法是腮腺细胞瘤，但要手术才能确诊）。不幸的是，我这种病，国内无法治。它不致命，但也不常见，因为只有发作的时候才能观察到病情，但它的发作没有预兆。有可能一个感冒就会发作，有可能因为嚼东西用力而突然发作，还有可能因为和人争执、情绪激动而立刻发作，甚至是在半夜身体最虚弱的时候，不知不觉地发作了……不能说话，不能吃东西，甚至连口都开不了。只能默默地忍受着疼痛，等它自行消退。

这种病，没有办法用药，也不能做手术。医生的回复是，因为长的位置正好在面部神经汇聚的地方，如果手术的话，很有可能导致面瘫。手术风险很高，不建议做，而如果协和做不了，估计其他医院也做不了。

我当时听完后很平静，所有的病痛都是自食其果。不爱惜身体，身体就会给予你最沉痛的教训。虽不致命，但它会让人痛，痛不欲生。

我花了一年时间与病痛对抗，不抽烟、不喝酒、不喝咖啡、不吃麻辣和海鲜……凡是对身体不利的习惯我都克制，唯独失眠，没有办法克服。医生建议我最好不要吃安眠药，所有失眠其实都是心理出了问题，他说只要我在心理上战胜了它，不用任何药物就可以自愈。

一年有三百六十五天，我大概有一千个夜晚没有在十二点之前入睡。在第一千零一个夜晚，我开始对自己说，晚安。

睡不着的时候，就看《安徒生童话》，一遍一遍地听《心经》，临摹钢笔字帖。手机关机，不再刷朋友圈，不和人聊天，也不再看电影和小说。坚持跑步，每晚夜跑，出一身汗回家洗澡，睡前喝一杯牛奶，十点一定躺在床上，就算没有睡意也要闭上眼睛……做最简单的事，不去想复杂的问题。如此坚持了一百天，我的身体开始出现变化。

肿瘤不再发作，虽然它还在我的体内，但不再顽皮地和我作怪。过敏留下的斑点渐渐褪掉，下巴、脖子上的疮印也逐渐变淡，皮肤变得越来越好。不再反胃，尽管还是有很多东西不能吃，但那种一吃食物就犯恶心的状况没有了。因为睡眠规律和坚持锻炼的关系，身体越来越好，所有的病痛不治而愈。家人依旧担心肿瘤，觉得那始终是一个隐患，不发作不意味着不存在。也有朋友介绍我去国外的医院，都被我一一谢绝了。我当然害怕生病，害怕死亡，但抵抗它最好的方式是身体强大的自愈能力。如果我能够克服内心的障碍，战胜自我，所有难题都能迎刃而解。

你现在的样子，是你过去的果；你未来的样子，是你现在的果。恶念的后果会一直跟着你，就像牛车被牛拖着走一样；清净心的后果也会一直跟着你，就像你自己的影子一样。没有人，包括父母、亲属与朋友在内，能像你自己的清净心一样帮助你。一颗训练良好的心，将会为你带来快乐。

记得在第一千零一个夜晚，对自己说一声，晚安。

愿所有

自渡之人，

终得

时间治愈

PART 03

那些以为过不去
的过去，都会过去

//////////////////////////

　　学姐和我曾经是同事，我来北京的第一份工作就和她在同一
家公司。那时，她坐在我对面。后来她辞职了，说是要给老公当
助手，之后我们有两年多没见。再一次见面，是我去出版公司开
会，她的办公室就在隔壁，我们在去卫生间的时候遇到了。那时
我已经辞职在家写作，想找一份和影视相关的工作。她正好在影
视公司上班，于是将我推荐给她的领导。经过面试，我被录用了，
我们再次成为同事，她依然坐在我对面。

　　我问她："你不是回去给你老公当助手吗，怎么又上班了？"

她乐呵呵地说："我老公觉得当助手浪费我的才华，让我来上班。"

学姐喜欢写作，大学时就开始写一些东西。她是编导，她老公是摄影，他们在学校组建了一个小团队，拍拍片赚点外快，学姐和她老公的爱情就是从这里开始的。他们是大学同学，恋爱五年后结婚。刚认识学姐的时候，她每天乐呵呵地把老公挂在嘴边，我们都戏称她"小媳妇"，她也乐意听我们这么叫她。

有一天我们一起吃饭，我问她："你想过将来吗？"

"没有啊。"她一派天真地说，"我不用想将来，有黄先生就够了。"

"女人应该独立点，哪怕结婚了。"我觉得她太依赖她老公了，忍不住建议道。

"我也赚钱独立啊，但是我不用赚什么大钱，有黄先生就行了，他说他养我。"学姐美滋滋地说道。

不知道为什么，我总是对她的状态有些隐隐的担忧，也许是杞人忧天。比起依赖另一半，我更希望我的朋友独立一些，这样

无论发生什么变化，都能更好地保护自己。我本以为他们会相安无事地幸福下去，没想到我的隐忧成真了。

　　一连好几天，我都没有在公司见到学姐，问她们组组员，才知道她请假了。起初我以为她生病了，给她打电话，手机一直关机。我以为她家里出了什么事，想再等两天看看，可是一个多星期过去了，还是没有联系上她。我一下子慌了，找到共同认识的朋友打听她的情况。

对方说，她离婚了。请假的这段日子，她在办离婚手续。一切来得太突然，让人始料未及。我很想知道她为什么离婚，对方叹了口气，摇摇头说："还是等她缓过来你自己问吧。"于是，我默默地等待着学姐回来上班，想给她发微信又不知道说什么，毕竟这种事她应该不太想让认识的人知道。直到有一天，她回来办离职手续，我们在卫生间再次遇到了。

她感慨一声："时间过得真快啊，转眼你来公司一年了。"

我说："是啊，还记得一年前我们在这儿碰到，你把我推荐到公司，我们又成了同事……一切都是缘分。"

学姐点点头，过了一会儿，说："我离婚了。"

我说："我知道。"

她没有感到意外，大概觉得同事们都知道了。

她笑了笑说："我今天来办离职。"

"为什么？"

"不为什么，觉得在这里待不下去了……"

"因为离婚吗？"她点点头。

"那是你的错吗？"我再次问道。她没有说话。

"既然不是你的错，你为什么要走？"她迟疑着说不出话来。

不知怎么的，我突然非常生气，为她的软弱："你找好下家了吗？有经济来源吗？房租怎么办？生活费呢？"我一连问了好几个问题。

她被我问得哑口无言，过了半晌，低声道："爸妈先给我一些钱，过阵子我再找工作。"

"你可以跟公司请假啊，你在这儿干得这么好，工资也不低，如果没找到下家就不要走了。你现在的状况公司会理解的，放一个长假好好调整一下，等状态好了再回来上班，这比辞职再找工作靠谱。"

"可是……"

"没有什么可是。"见她还在犹豫，我忍不住急道，"你之前靠老公，现在靠爸妈，你不觉得人生很失败吗？"

她似乎被我刺激到了，眼里含着泪，一声不吭。我也觉得我说得有些过分，但说出这番话，我是想要点醒她。

说完我就后悔了，想跟她道歉，她却转身走了。我本来想安慰她，却闹得不欢而散。后来我得知，那份辞职申请她没有提交，公司给她放了一个长假。一个多月之后，我收到她的微信："最近忙吗？有时间的话一起吃个饭。"

我们约在公司附近的一家餐厅，点了一瓶红酒。她的状态看起来好些了，我问她最近怎么样。她说出去旅游了。

"我以前从来没有出过远门，连结婚都是。那时候他很忙，说等有时间再补蜜月，谁知道这个蜜月一辈子都等不到了……"她喝了一杯酒，缓缓说道，"我们结婚快两年了，真正在一起的时间很少，他总是忙啊忙，经常外出。我呢，就守着我们的小家，每天洗衣、做饭、打扫屋子，不管他多晚回来，我都做一碗面等他。

"我偷偷备孕，没有告诉他。刚结婚的时候，我们决定暂时

先不要孩子，一是两个人都很忙，他事业刚起步，我需要集中精力照顾他；再者我们都还没钱，租着房住，想着等赚了钱、买了房，再要孩子也不迟，到时候把父母接过来，买一个大房子，两家人住在一起……我太寂寞了，想给他生个孩子，这样他在外面的时候，起码有孩子陪我在家里等他。可是我没有想到，他在外面有了人。我们从大学恋爱到毕业，五年他都没有出轨，怎么结婚不到两年就出问题了呢？我想不明白，真的想不明白……他出轨瞒着我，不想跟我生孩子，却跟别的女人有了孩子，等到对方肚子大了才告诉我，还是那个女人找上门来跟我说的……直到我提出离婚，他居然都没有松口承认对我的欺骗，怎么有这么恶心的男人啊，我真的是瞎了眼……"

"还记得我对你说的吗？"听完她的讲述，我说，"你太依赖那个人了。你从精神上依赖他，你爱他比他爱你多。一旦让他觉得你是他的，怎么都不会离开，他便可以为所欲为。如果你和他平等相处，爱他的同时也爱自己，让两个人处在对等的位置，他做任何事都会掂量一下你的价值，考虑伤害你的后果他是否承担得起，那么他就不敢肆意妄为了。"

"男人都是贪心的。"她忍着泪说，"现在我才知道，是我太天真了。"

不只是男人，人都是贪心的。谁不希望有人对自己好，最好自己什么也不付出。殊不知你越是对一个人好，他就会越放肆，越觉得你对他的"好"理所当然、卑微廉价。你的真心在他心里是被巧克力包着的果仁，没有品尝味道就囫囵吞枣地咽了。你为他低到尘埃也不会让他为你停留一刻，他只想攀折高高在上的玫瑰，而你不过是碾碎在尘泥里的草茎，纵使有赤子之心。

让自己变得有价值，让爱不廉价，在情爱关系里不可忽视。我爱你，也爱我自己。我希望你好，也要让自己变得更好。保持人格的独立，你永远属于自己，要让对方感受到你的爱真诚而有分量，他唯有珍重相待。

那一晚，我们开了一瓶一千多的红酒，她絮絮叨叨说到凌晨两点多。

她说："今晚拼了，不醉不归。"

我说："你以前一百块的衣服都舍不得买吧。"

她说："是的，但是现在不一样了，从这一瓶红酒开始，要为自己而活。"

我们总是在经历过失望和失去之后，才明白自爱有多重要。这世上有两种人，一种是爱自己甚于爱别人的，一种是爱别人甚于爱自己的。我却希望你能先爱自己，再爱别人，然后去爱这个世界。一定有过难挨的时候，寒夜深冷，痛楚难眠，旧日时光里难斩断的情、难割舍的人，只是在教会我们更清醒、更决绝地往前走。而亲爱的，我想对你说，那些你以为过不去的过去，都会过去。

爱一个人，
也要爱他未来的样子

与 Ada 聊起她的女儿，她说："我希望她有一个健康快乐的童年，我会尽我所能给她安稳舒适的生活。我不希望她过早恋爱、过早独立、过早成家……如果她想自由自在地做自己想做的事，我会一辈子养她。"

Ada 的女儿今年七岁。每个周末，无论多忙，Ada 都会准时回家，陪女儿看《爸爸去哪儿》。起初，Ada 很反感看这类综艺节目，是女儿告诉她，班上的小朋友都在看，老师还布置了作业。Ada 是单亲妈妈，离婚三年，独自抚养女儿。在三环买了套两居室的公寓，开车上下班，送孩子去最好的双语学校念书。此外，还请了家庭老师和保姆，负责教孩子钢琴与照顾生活起居。

独立能干的女强人，毫不吝啬地把为数不多的柔情尽数给予珍爱的女儿。她说，不是她在陪女儿长大，是女儿在陪她慢慢变老。

Ada 不缺男友，但她从不带回家，因为她不想让女儿看见。对 Ada 而言，女儿是她私人所属。三年来，女儿不止一次问她，爸爸去哪儿了？每到此时，她只能忍着心酸告诉她，爸爸出差去了。时间久了，女儿便不再提了，但当母女俩依偎在沙发里看节目时，她总是忍不住偷偷看女儿的反应，像个犯错的孩子。电视里的小女孩被爸爸抱在怀里，呵护亲吻，也不过是与她女儿相差无几的年岁。女儿安静地盯着屏幕，眼睛一眨不眨。Ada 知道，迟早有一天，谎言藏不住，女儿会发现爸爸妈妈不在一起的事实。

Ada 给女儿取名 Apple，寓意"甜美可爱"。

有一天，Apple 突然问她："妈妈，什么是爱？"

Ada 想了许久，不知道怎么回答，便说："爱就是，妈妈和小苹果。"

Apple 又问："那爸爸和妈妈呢？"

"也是爱。"Ada 斟酌着说，"爱是爸爸、妈妈和小苹果永远幸福快乐地在一起……"

"可爸爸没有跟我们在一起啊……"Apple 的声音陡然变得很难过，"妈妈，爸爸是不是永远不和我们在一起了？"

Ada 为女儿的早熟懂事心疼不已，忍不住落下泪来。没想到小姑娘静静地看了她一会儿，突然紧紧地抱住她说："妈妈，别怕，你还有我。"

那一晚，Ada 久违地给女儿唱起儿歌，离婚之后，她很久没有给孩子唱过歌了。就在她以为孩子已经睡着继而停下来的时候，柔软的小手突然搂住她的脖子，把脸贴到她的脸上，说："妈妈，你唱的歌我听过好多遍了，我教你唱一首新的吧。"

稚嫩的童音轻轻哼唱着《爸爸去哪儿》的主题歌，Ada 听着歌声，忍不住问女儿："宝贝，你想要爸爸吗？"

孩子停下来，想了想说："我想爸爸，我把他的照片放在书包里，是怕长大之后忘记他长什么样子。"Ada 强忍着泪，女儿又说："可我还有妈妈，就算没有照片，我也不会忘记妈妈的样子……比起爸爸，我更想要妈妈。"

我与 Ada 彻夜聊天，听她讲为什么离婚，离了婚之后的种种不易，独自抚养孩子的艰难。所幸孩子很懂事，成绩也很优秀。但正是因为懂事优秀，她总觉得非常自责。

"我以为我有一个这么乖巧懂事的女儿已经很幸福了，别无所求，但这只是我的感受。我不知道我的孩子会不会觉得幸福，能不能理解我。"

有些大人总是想当然地为孩子安排好一切，学校、课程、环境、食物、衣服、书籍、玩具、夏令营……自以为给了他们最好的，却不去想他们真正要的是什么。给他们最周密的保护、最昂贵的教育、最细致的照顾，却不明白为什么孩子还是不愿意和自己亲近。

无论是双亲家庭还是单亲家庭，无论家庭氛围温暖融洽还是冰冷破碎，父母都应该将孩子当作心灵相契的伙伴来对待，而不是一件珍贵的私人藏品，抑或溺水时紧抓不放的浮木。孩子们有自己的想法和对世界的认知，不想被束缚与欺骗。平等、宽容、和善地与他们相处，引导他们，在给予的同时试着从他们身上学习和汲取……十年、二十年、三十年之后，他们会是你最亲密、最能理解你的朋友。

我想对 Ada 说，自我感受同样重要。如果自己都不觉得幸福，怎么给爱的人幸福。当你的女儿说"妈妈，别怕，你还有我"的时候；当她抱着你，将脸贴上你的面颊，为你唱歌的时候；当她把你的样子深深记在心里，说出比起另一个同样给予她生命的人，更需要你的时候……日日夜夜、点点滴滴，她其实最爱你。因为有你，她才幸福。

"我还有妈妈，就算没有照片，我也不会忘记妈妈的样子……比起爸爸，我更想要妈妈。"

我们在一生之中，总是不断地爱人和不断地离开。你出生时见到的第一个人，她在陪伴你成长的过程中渐渐老去，在你学会爱的时候悄然离去。第一个抱你的人，第一个亲吻你的人，第一个教你说话的人，第一个扶你蹒跚学步的人，他们在一生中给予你的深刻影响、沉重负担、温暖眷顾、良苦用心……当时不觉，过后深觉。

想起一句话："爱一个人，也要爱他未来的样子。"

尽管"未来"这个词具有无尽的想象空间，但其实更多的人是活在当下，爱在当下。愿意与一个人走向未来，却未必会爱他未来的样子，疾病、衰老、死亡……

曾经深爱的人，只记得彼此最初的模样，貌似完美无缺，深情如水。记忆纷乱湮灭，面具碎裂，其实你爱的只是某一时空里永恒凝定的幻觉，而非对方真实的属性。

爱的本身是一种能力，可有多少人敢于将爱一直延续，至衰老，至死亡，直至打碎所有妄想幻觉，望尽深处。离别不只是为了重逢，但离别之后，必有重逢。

细雪葬江河，飞鸟有归期。

在我的心里，你一直都在

//////////////////////////////

想对你说一些话，却不知如何说起。

你走后的第三天，我一个人坐在你的房间里，整理你的遗物。有我送你的手表、眼镜、衬衫，你心爱的手机，还有相框。我们拍的唯一一张合照，被你用相框框起来，放在床头。我把买给你的菩提珠戴在手腕上，给你的手机续了费，相框擦完放在床头柜上……一切如旧，仿佛什么都没有变，只是少了你。

再也没有了你。到哪里去找你?

四岁，你让我跪，因为我弄丢了你的钢笔。我哭着跑出去，冰天雪地，不知道要去哪里找。我哭着跑了很远，跌倒在雪地里，你却没有追上来。那是我第一次恨你。

七岁，我读小学一年级。被同学告黑状，出去罚站，你来学校接我，看到我站在教室门口。我看见你的脸色很黑，眉头皱起，眼里有凶光。那一刻我希望你走，好过你骂我。

十岁，你为我办生日宴。那一天，请了好多人，你穿着西装，头发梳得一丝不苟，站在我身边，向在座的亲朋好友致辞。你说，你生了一个好女儿，你为我感到骄傲。那是我第一次觉得，你其实是爱我的。

十二岁，你喝多了回家。不记得有多久没见到你了，你突然开门，看到我开着电视机做作业，便厉声责骂我。我顶了你几句，你气得要拿烟灰缸砸我。我跪在地上，双手抱着头，害怕被烟灰缸砸到。你要我认错，跪在地上写保证书，我哆哆嗦嗦地写道：爸爸，我错了，我再也不敢了，以后一定听你的话。

十三岁，我看到你醉酒打妈妈。我疯了似的扑上去和你厮打，你指着我的鼻子骂我忤逆不孝。我愤恨地说不认你，你不是我爸爸。你被我气得气胸发作，住进医院。我在病房门口不敢进去看你，你闭着眼，脸色苍白，胸前插了根管子。我流着泪在病房外的走廊上蜷缩了一夜，在想你为什么会是我父亲。

十四岁，你在半夜打来电话，告诉我妈妈出车祸住院。你对我说，要照顾好自己。一连几个月，从夏天到冬天，你都没有来看我，一次也没有。我执拗地不去找你，没钱宁可向同学借也不跟你要。你一个电话都没有，也没有去看妈妈，后来我实在忍不住了去找你，你说你忙，让人把钱给我就打发我走了。

十六岁，你要跟妈妈离婚。深夜喝得醉醺醺地来踢门，逼她签离婚协议书。我咬着牙躲在被子里听着门被踢得咣当作响，那时真想跑出去和你同归于尽。妈妈抱着我，不让我出门，我把拳头塞进嘴里咬出了血，发誓这辈子都不可能原谅你。

十七岁，你被人起诉，欠了很多钱，把大门反锁，躺在屋子里想自杀。那时我正备战高考，已经一年多没见到你。你突然打来电话，哭着对我说，爸爸对不起你。我擦干眼泪对你说，如果你想死，我不会为你送终，你不配做我的父亲。

十八岁，你送我去读大学，背着大包小包。我们坐了一夜汽车到了天津，你把我送到学校，转身就走。我看着你不再笔直的背影，默默地掉下了泪。

二十岁，你打来电话祝我生日快乐，我这才想起来那天是我的二十岁生日。你问我什么时候回家。我说，等我赚到了钱，替你还了债。你沉默下来，然后把电话挂了。

二十一岁，我生病休学回到家，你终日愁眉苦脸、借酒消愁。我知道，你是在愁我，也是在怪我吧，怪我不争气，辜负了你的期望。屋子里很闷，我们已经很久没有说话了，我躺在房间里，你坐在客厅里。我带着对你的畏惧和委屈睡着了，半夜醒来，听到外面压抑的哭声，那是你。在夜深人静的时候，在没有人知道的时候，偷偷地为我哭。

二十二岁，我收拾行李去北京找工作。你大发脾气问我："就不能在家找个稳定的工作吗？"我拒绝了你托人把我安排到社保局的好意，你把家里的东西都砸了，把我和妈妈关在门外不让我们进去。我拖着行李箱一走了之，赌气对你说，不混出样子绝不回来。

二十三岁，我把出版的第一本书送给你，你看也没看随手扔在一边。我心里是失望和难过的，想着既然你不在意，以后写的书再也不送给你。直到有一天回到家，看到客厅的架子上摆放着一排我的书。妈妈对我说，这是你一本一本放上去的。

二十四岁，我辞职在家写作，你对我的决定非常不满，整天看我不顺眼。直到有一天，你爆发了，说我再这样下去就废了，你算是白养了我。我特别伤心，你不懂我，从小到大你都没有关心过我，你不知道我要什么，也不在乎我要什么。既然这样，留在这个家还有什么意思。我对你说，但愿你别后悔生了我。

二十六岁，你催我找对象，说别人到你这个年纪都抱外孙了。我不知道如何跟你表达我的想法，即使说了你也不会理解，于是我们开始冷战。我回家的次数越来越少，也很少给家里打电话，我怕见到你，更害怕你跟我吵架。

二十七岁，除夕夜我带你去买衣服。你摸摸这件，看看那件，嫌这件贵，又觉得那件不好，最后什么也没买。走在回家的路上，你一声不吭，大步往前走。我看着你的背影想了想，跑回之前逛的商场，买了那件你握在手里很久都没有放回去的大衣。

二十八岁，我第一次带你去旅行。我们一家人去了泰国，你看着陌生新奇的花花世界，开心得像个孩子。我们一起去看海，一起逛夜市，一起做泰式按摩，一起拍照。我对你说，以后的每一年，我都带你去旅行。你笑着说，好。

二十九岁，我失去了你。最后一次看着你，你躺在病床上，浑身插满管子。你睁着眼，满眼是泪，痴痴地望着虚空，浑身抽搐，脸上的肌肉剧烈地抖动。我看着你，我知道你要走了，但你舍不得。你有太多的话想对我说，我也有太多的话想对你说……我终于忍不住抱着你，对你说："爸爸，别怕，我会一直陪着你。"

"爸爸，别怕，我会一直陪着你。爸爸。"

想把写的书一个字一个字地读给你听，想对你说那些从来没有对你说过的话，想带你去每一个答应带你去的地方……我总以为有时间，还有时间，等到你老了，等到我结婚了，等到我有了孩子，等到你走不动了……然而，我们都等不到了。

你等不到我披着婚纱、挽着你的手走向礼堂，等不到我生下孩子叫你一声"外公"，等不到我带你去看世界的每一个角落，等不到我看到你满头白发的样子，牵着你的手慢慢回家……你把自己弄丢了，你把我和妈妈抛下了。

时间都去哪儿了呢，而你，又去了哪里？

以前，你老爱喝酒。生气了喝酒，失意了喝酒，开心了喝酒，闲闷了喝酒。我劝你少喝点，你总说人生得意须尽欢，不知道哪一天就走了，还不如喝个尽兴。因为喝酒，妈妈没少跟你吵架，

吵多了，我总劝她，你这辈子没别的爱好，就爱喝个酒，只要你开心就好。可是没想到，我的劝阻让你病入膏肓，我以为的为你好却是害了你。

你最后一次看着我，想对我说的话，我知道。你想说，爸爸对不起你……早在十年前，在你想自杀前，对我说出这句话的时候，我就原谅了你。

爸爸，对不起……是我，对不起你。

　　我不应该任性地说走就走，不应该计较你对我的看法，不应该不关心你的身体，更不应该怀疑你不爱我。你走后的这些日子，我时常想起我们在一起的时光，吵架的时候，冷战的时候，吃饭的时候，旅行的时候，你喝醉了躺在沙发上打呼噜的时候，我拿着手机偷拍你，唯恐被你发现的时候……爸爸，你一定不知道，我有多么爱你，多么多么地爱你……我只有你一个爸爸，你走了，我的灵魂也被带走了。

　　你走以后，我再也喝不了酒。

看到酒就会想起你，想起你最后的样子。我把家里的酒都收了起来，你喝过的、别人送的、买了没拆封的……全都收了起来，随着你的遗物一起，永远地封在了那个房间。日光之下，并无新事。那些过往的伤与痛、血与泪，被岁月擦拭、覆盖，慢慢结痂，剩下永不褪去的疤痕。我知道，路还是要往前走，日子还是要照过，而你，随着时间渐渐远去的你，永远埋在了我心里的最深处。

我钱夹里有一张照片，是你身份证上的照片，想你了就拿出来看看。人生百年，倏忽而过。你从我的家人变成了我的支柱；从我的父亲变成了我的信仰。父母在，人生尚有来路；父母去，人生只剩归途。无论来路还是归途，余生我都会走得很好。因为我是你的女儿，是你唯一的传承。我在，宛如你在。

在我的心里，你没有离开过，你一直都在。

带着妈妈漂洋过海出去浪

又是一年春节。

爸爸离开的第一年，我决定不在家过年，带着妈妈去旅行。飞机起飞，目的地是曼谷。去年此时，我们一家三口去了清迈，那是我人生中第一次也是最后一次一家人的旅行。

走在曼谷的街头，霓虹初上，街道两旁是一家家灯红酒绿的店铺，应召女郎站在门口热情地冲我们打招呼。此情此景似曾相识，妈妈微微叹息，说："去年我们来这儿，你爸爸这边转转那边走走，你还说喜欢的话，以后每一年都带他来……他再也不能来了，我们一家人再也不能在一起了……"

她很难过，我知道。这趟旅行本是为了让她散心，此时我却说不出一句安慰的话。她说完，没有再开口，周遭热闹欢愉的气氛和我们格格不入。站在异国街头，我们就像两只受伤的动物被驱赶到一片陌生的丛林。周围人来人往，说着听不懂的话，偶尔对我们回头一笑，我们也只能回以礼貌而僵硬的笑。

街上到处张灯结彩，写着中文招牌的餐馆门前车水马龙，集市上每个摊铺前都挂着中国结，一派喜气洋洋。背着大包小包的中国游客穿梭在夜市中，把一件件纪念品塞进包里。我摸了摸手腕上的菩提珠，这是去年过年在清迈逛夜市时给父亲买的。犹记得他当时爱不释手，戴在手腕上没有再摘下来。回国后逢人便说，这是女儿带他去泰国买的。短短一年，这串珠子便戴在了我的手腕上，连同他的手表、眼镜，这些平时随身携带的贴身之物，都被我一直带在身边。

我们沉默地走在街头，不时地有人迎面走来，对我们说"新年快乐"。身在异国他乡，来自不同国家、不同地域的人欢聚一处，随着喧嚣的烟花声、锣鼓声，心中的惆怅也渐渐淹没在人海里。

"我们以后每年过年都出来吧。"我对妈妈说。

"哪儿都没有家好。"

"可家里只有我们两个人，连吃个年夜饭都没意思。"

妈妈深深地看着我，半晌没说话。她眼里有泪，我装作视而不见。

"走吧。"我拉着她的手，"找一家热闹的餐馆，我们去吃年夜饭。"

我们找了一家最热闹的中国餐馆，里面座无虚席，还要等位子。我和妈妈转身要走，服务员用流利的中文对我说："不介意的话，可以拼桌。"见我们还在犹豫，又补充了一句："打八折。"

我们和两个中国人拼桌，对方也是一对母女。那位母亲满头白发，问了下年纪，七十八岁了。她们也是两个人出来旅游，前几年爸爸走了，女儿便带着妈妈出来旅行，今年已经是第四年了。

"每一年我都带我妈妈出来旅行。"文阿姨说，"再过两年她就八十了，坐飞机不太方便，我就想趁着这几年，带她把她想去的地方都去了。"

文奶奶笑呵呵地看着女儿，看起来很幸福。

"你没有其他兄弟姐妹吗？"妈妈问道。

"有一个弟弟，但是在国外。"文阿姨说道，"他很忙，也没时间照顾老人。我爸走了后，我就把我妈妈接过来跟我住，我们娘儿俩想去哪儿就去哪儿。"

看她的年纪应该有家庭了，我很想问问那她的家人呢，但碍于隐私不方便问，没想到文阿姨像是看出了我的疑惑，坦率道："我离了婚，有个女儿在国外念书。现在一个人，提前办了退休，也没什么事，所以有时间带老太太出来。要不然像我们这个岁数，有家庭有工作的，自己都顾不过来呢，哪有时间和家人出来啊。"

听着文阿姨谈笑风生，我对她真心佩服。她说她最大的快乐就是旅行，最大的幸福就是带着妈妈去旅行。

"泰国我都来三次了，老太太是第一次来，看什么都新鲜。"文阿姨乐呵呵地称呼她妈妈为"老太太"。

"这丫头……"文奶奶笑着数落。看得出来，母女俩感情很好。

我和妈妈相视一笑，仿佛看到了我们以后的样子。

文阿姨说："你们娘儿俩也是来旅游过年呢？"

我点点头："跟你们一样。"

文阿姨微叹一声，没有再问，想来已经猜出了点什么，但她没有继续这个话题。我们一边吃饭，一边看着转播的春晚，文阿姨时不时地给她妈妈夹菜。吃饭的时候，我注意到文奶奶的动作不是很自然。

文阿姨说："我妈在我爸走的那一年中了风，虽然恢复得很好，但她的行动还是会比较迟缓，走路时间长了要人搀扶。"

"那怎么还带她出来呢？"妈妈忍不住问。

"她想出来啊，就是个老小孩儿，不带她出来就跟我闹。"文阿姨笑着说，"我妈在我爸走之前从来没有出来过，我爸生病那几年，她衣不解带地照顾他。等她身体好些，我本来是想带她出去，在周边散散心，医生也说不能老闷着。结果玩上了瘾，在家时间一长，要是不出来就难受。为了她的身体健康，我们吵了好几次，最后拧不过，就想还是开心最重要，她高兴比什么都强，谁让她是我老娘呢。"

文阿姨快人快语，性格非常爽利。我们聊得很愉快，她们后天一早回国，于是我们商定，明天两家人一起出游。

回酒店的路上，我对妈妈说："我们是不是挺像文阿姨和她妈妈的？"

"你还是个小屁孩儿呢。"妈妈摸摸我的头说。

"我说以后。"我握住妈妈的手，"爸爸虽然不在了，但你还有我。以后的每一年，我也像文阿姨带着她妈妈一样，带你出来旅游。"

"我还没老呢。"妈妈呵呵一笑，"你最该做的事就是赶紧找人嫁了，将来带着我和你的孩子一起出来旅游……"

我们边说边笑，起初的伤感和阴霾随着这顿特别的年夜饭淡去了，取而代之的是对未来的期许和展望。不管人生经历多少落寞和失去，日子还是照旧要过的。这世间的火树银花依然这么美，该过的年还是要过。而你和我，或者我们，也要在新的一年许下新的愿望：昨日已去，从今天开始，我们都要幸福快乐地过，把悲伤丢给昨天，把喜悦带到未来。

以后的每一年，我都要带着妈妈漂洋过海出去浪。

你若决定灿烂，
山无遮海无拦
///////////////////////////

　　工作告一段落，我决定启程前往暹粒，因为想要了解吴哥窟的文化。蒋勋曾多次去吴哥窟，还组织徐克、林青霞等一起游览，小住一段时间，分享认知，调养心性。多年前看奥修的《莲心禅韵》说："死亡是花朵，生命只是树木。树木的存在是为了花朵，而花朵的存在并不是为了树木。当树木开花，它应该感到快乐，它应该跳舞……"

　　非常深奥。我对道的认知，对宗教文化的认知，过去源于书本，现在更愿意用实践获得体悟。

在暹粒，到处可见甜美的瓜果、新鲜的蔬菜，太阳非常炽热，三角梅开得美而旺盛，一家家小小的门店，街边站着拉客的服务员。老外很多，来度假或者朝圣，他们对佛教文化很感兴趣，认真地观摩和拍照，在随身携带的笔记本上做记录。中国人大多是走马观花地看，拍几张"到此一游"照，很少有人在某个地方驻足停留，探寻废墟深处的遗迹。

高棉时代的佛教建筑，呈现出宗教式的庄严和肃穆，一尊尊佛像，微合双眼，俯瞰众生，如此悲悯。我长久地站在一尊佛像前，它仿佛在对我微笑，又仿佛在轻声叹息。它们在历史的长河里历过多少苦难，看尽多少人间沧桑。

　　生命有如渡过一重大海，我们相遇在同一条窄船里，

　　死时，我们同登彼岸，又向不同的世界各奔前程。

这是泰戈尔的一句诗。一早爬起来去看日出，风中透着丝丝凉意，寺庙前的莲花池浸润着静谧的光泽，碧水清波，一片澄澈。五座尖塔在微亮的天际形成山峦般的黑色剪影，仿佛神的杰作。不期然地想起这句诗，彼岸前程有如佛法幻境，映照出心中所想。怀念死去的人，若干年后，自己也要走同样的路，彼岸是否有人在引渡我。

在崩密列，时光仿佛静止了一般，迷境般的森林里，四处可见废墟。古老的石像坍塌成碎石，参天大树掩映了斑驳的痕迹，杂乱丛生的树枝阻隔了千百年前的脚步声。时间定格在砖石倾倒的瞬间，大树环抱着城门，苔藓掩住了飞天舞者温柔的表情。

莱蒙托夫说："一座神庙，即使荒芜，仍是祭坛。一座雕像，即使坍塌，仍然是神。"

走出吴哥窟的一刹那，巨大的太阳笼罩在头顶，有孩童跑过来，手里拿着香蕉和明信片，对我说着中文。我向她微笑摆手，她一路跟随我，于是我给了她一美元，她把手中的香蕉塞给我，一路欢天喜地地往回跑。我看着她远去的身影，顷刻间，乌云密布，倾盆大雨落下来，司机叫我上车。回到车里，隔着密集的雨帘看着在雨中嬉耍的孩童，他们仿佛习惯了这样变幻莫测的天气，浑身湿透仍不以为意，为赚到一美元开心地手舞足蹈。

他们灿烂的脸，驱散了雨天的阴郁，也驱散了我心中的伤感。

彼时，距离父亲离开已经有三百天。三百个日夜里，没有睡过一天好觉，选择独自来吴哥窟，需要莫大的勇气。不愿面对自己的懦弱与伤口，只有在肃穆的佛像前，长久地跪伏祈求。想问一问，父亲是否已经抵达彼岸，想问一问，父亲在彼岸过得好不好。

他还那么年轻，走的时候头上没有一根白发，他英俊的面容如在眼前。午夜梦回时常常见到他的脸，就这样在黑暗中惊醒，默念他的名字，痛惜不舍。

有小沙弥走过来往我的头上洒圣水，口中念着经文，执起我的手腕，为我戴上红绳，为我祈祷。我长跪不起，仿佛只有这样才能让心里好受点，但也不过是一场徒劳的自我安慰。

我们每个人终将面对死亡，谁也不能幸免。有人早一步，有人晚一步，这是我们的宿命。我曾经觉得上天不公，为何早早地夺去父亲的生命，他那么年轻，那么善良，还没有看到女儿成家，没有享受过天伦之乐……可是，当一切散尽，当小沙弥执起我的手，口中默念经文，我仿佛看到了曾经软弱无助的自己，擦干眼泪努力奔跑。我知道，我已经离过去的幸福生活越来越远，但我也知道，要努力去创造一切未来幸福的可能。

"你若决定灿烂，山无遮海无拦。"

要如何翻过山跨过海，找到灵魂的深渊？其实不需要，因为山海就在心中，深渊也在心中。

失去的，得到的，
都是我们错过的

深夜，一个人重温《海角七号》，优美的旋律在室内回荡，心事如烟，转瞬即逝。不禁又想起另一部电影《入殓师》，终于明白了一句话："失去的，得到的，都是我们错过的。"

那年七月，天很热，我回去参加叔公的葬礼，遇见了青梅竹马的儿时玩伴。他长得很高大，有一份体面的工作，已经娶妻，女儿很快就要出生了。他褪去少年时的青涩和稚嫩，看上去意气风发，成熟端重。十多年来，他一直是我心仪的男子类型。

在我的小说中，他的名字叫濂。如今已是三十多岁的人，我们或许一生都不会再见。难忘对他的最初印象，"平和的脸，寻不到一丝青春跋扈的痕迹。仿佛洗尽铅华的归鹤，寻得了一处安栖的绿湾，于晚阳下孤独站立，便能长长久久，了度此生"。

那时觉得，少年人总以为爱太缺乏，最后越过思念这一层才发现，爱是苦难。

二十岁时，很多事看得还不够分明，认为感情是最重要的，却也是最容易放弃的。生存的压力迫使我们做出了一些看似残忍的决定，对别人不公，对自己何尝不是一种悲哀。

我一直喜欢他，这种喜欢在他成家之后依然没有变。我们许多年未见，我知道我们之间的关系已经发生了实质性的改变，正如他的面孔，也在随着内在改变。而我要认定的是，我喜欢这个人的少年、青年……他一直在我的记忆中，保留着最初的印象，这就足矣。

生于世，空虚有时，寂寞有时，彷徨有时，荒芜有时。

人至暮年，再回首，才发现最重要的莫过于感情。

叔公一辈子没有娶妻，一个人过着闲云野鹤、避世安然的生活。我的家族，似乎每一代都会出现一个与俗世格格不入的人。从工作中抽离，不与人交往，过自己想过的生活。对待感情偏执专一，爱一个人就会爱到底，不再接受其他任何人。

叔公年轻时深爱过一个女人，而那个女人后来嫁给了别人，这成了他一生挥之不去的隐痛。如果说前半生避世是因为放不下爱情，那么他的后半生则是为了自己。我不知他是否明白，守爱是很难的。这么多年的孤独、误解、嘲笑、封闭……一个男人如何挨过，多少人在他背后说闲话，就连亲人也对他多有非议。

他走时没有留下遗言，枕下是一片枯萎的枫叶。那是他已死的爱情。

人的迷惘与年纪无关。你迷惘是因为不知道自己想要什么，什么是人生中最重要的。小时候以为是梦想，长大后以为是需求，老了才知道，是感情。人的一生中最重要的就是感情，无论得到还是失去。

这一生，我们永远不知道，谁是陪着自己一直走下去的人。

我在葬礼上见到他，那种心情犹如走过千山万水，看到海已消失，花已凋谢。少年的情就这么散了，错过是注定的。我知道这是必然的，即便有一次可能，我们靠得很近，结果也一样是失去，一样是错过。我渐渐明白，放手是比执着更艰难的决定。看他安好，看他转身，然后，给一个微笑。这就是我能做的所有事。

人生中有太多太多事，因过而错，因错而过。生命的困与苦，源于你拥有的并不是你应得的，得到的不足以弥补失去的。情缘的深浅，不是天定即可作数，却偏偏是天定便可收场。每个人都是岁月的送终者，得到温情似水，忘却几度风云。

电影里，他给她写信，一封一封。

1945 年，邮轮，海上。

他说："我会假装你忘了我，假装你将我的过往像候鸟一般从记忆中迁徙。假装你已走过寒冬迎接春天，我会假装……一直到自以为一切都是真的。然后，祝你一生永远幸福。"

那一沓信被他锁在房间的抽屉里，直到他死后被女儿发现，漂洋过海，在六十年后回到爱人的手中。那些迟到的忏悔与告白，跨越时间、地域，最终成全了一对男女的爱。

镜头转换，他给他做最后一场仪式。抚摸、清洁、擦拭，掰开紧握的手，作为儿时回忆的石头被父亲握在手中。他终于明白了父亲对他的爱，这枚石头是他们的约定。三十年之后，面对父亲的遗容，为他入殓，将他手中的石头交到妻子手中，护佑未出世的孩子。

每个人都有自己的回忆，回忆收声，岁月有痕。我们是被时光遗忘的人，也是时光的拯救者。无力或煽情的剖白，首度开腔的勇敢，对世事的无畏坚持，都是对生命最重要的修复与敬畏。

注定无眠的夜，想起那些旧事，旧事里的人和尘封的少年情。我知道，我终究要面对一个人的时间荒涯，将搁置已久的情感搁置于人迹罕至的虚空。我亦知道，你会在不同的路上与我做伴，最终平静释然。

人生是一段
没有退路的旅程

　　跟 Z 聊天，谈到我们现在的困惑，他说有一种钝痛感。Z 家境富裕，创业拿到融资，这辈子不愁没钱花。工作之余有大把的时间到世界各地打卡，他喜欢挑战各种极限，去过亚马逊丛林，到过南极，看过肯尼亚动物大迁徙，拍过秘鲁原始部落。他说，这个世界上好像没什么能难倒他的，但他还是觉得困惑。我说他这是有钱人的烦恼，都是自找的。Z 点了点头："你说得也对。"

　　每一个人生阶段都有特定时期的烦恼，困惑有时，彷徨有时，贪恋有时，迷惘有时。四五岁的时候，只是想要一颗糖果，坐在家门前等着那个卖糖果的人，便觉得满心欢喜。二十四五岁的时候，发现糖果哪里都可以买到，放入嘴中，偶尔还会品出微微的苦味。三十四五岁的时候，收到一盒子糖果，不想打开，因为生活的苦味不足以用一种甜覆盖。

快到三十岁的时候，感觉身体并未发生明显的变化，那种衰老的状态、哀凉的情绪未曾出现。每天照旧几点起床、几点吃饭、几点洗澡、几点睡觉，一切遵循既定规律。只是对人事愈加淡漠，情绪不会轻易波动，比起外界的变化喧嚣，更注重内在的训练和自省，让自己不再特立独行，平和地与人相处，对亲人也是如此。

大概是因为经历过失去，所以觉得没有什么是不能承受的，甚至为死亡做好了准备。这种状态没什么不好，相反很成熟，是一个人独自走长路必需的训练。走过了悬崖，迷失过荒野，重走人间大道就不会再害怕，有的只是坦荡。

有一晚做梦，梦见下着雨的深夜，独自出门玩耍，一路跑到山岗。跑着跑着鞋丢了，夜风吹起单薄的衣衫，看着挂在山腰的月亮，不知道为什么很想把它摘下来。雨依旧下着，淅淅沥沥，扑打在脸上、脚上，非常冷。看着山的影，淡的月，一直跑，不知疲倦。醒来的时候，天还没有亮，一轮弯月挂在天空，想着那个梦，静静地看了许久。人是天上人，影是月中影，不知是在现

实还是梦里。就这样静坐到天亮，看月亮隐去，太阳升起，昼夜交替，心中有一粒种子破壳而出，种下了一棵小小的树。

幻觉是挡不住的风，吹进了心的深渊，长出情感绵长的花朵。

后来再遇到 Z，他说他刚从尼泊尔回来，那里刚经历过一场地震。他说地震的时候他正在一座寺院中，屋梁上的柱子毫无预兆地砸了下来，他差一点就被砸中埋在那片废墟里。这样生死一瞬的场面他经历过很多次。地震发生后，他一直留在尼泊尔，是最后一批离开的外国游客。他说他是自愿的，那边物资匮乏、急缺人手，他留下来当义工，参与震后的救援工作。与死亡擦肩而过的那一瞬间，他想到的不是赚的那些钱，不是曾经的辉煌与成功，不是命丢了再也不能看到这个世界的遗憾，而是他在寺院中看到的那一幅没有看完的壁画。

他说，人在临死之际想不到那么多，而这次死里逃生，帮他解开了之前的困惑。我问为什么。他说："生与死只隔着一道门，我们都在门里面。比起生的困惑，更应该去思考困住我们的是什么。"见我一脸不解的样子，他换了种说法，"不是我们感到困惑，而是我们被什么困住了。如果怕死，那就是被活着困住了；如果想赚钱，那就是被钱困住了；如果恐惧衰老，那就是被时间困住了。再比如我，一直到各个地方寻找刺激，其实是被无聊的人生困住了……我害怕虚度此生，这就是我的困惑。"

人生是一段没有退路的旅程。走过那么多地方才懂得，我们走过的路是我们种下的果，每一处险隘、每一段历险都是完善人生的一次华美跳跃。看似美好平静的原野都会有峰峦叠嶂的起伏，看似红尘世外的小城都会有普度众生的传诵。那一盏不灭的灯火，让你浸染寒霜之后获得些许温暖，也让你在风烛残月的尽头懂得，我们的一生，都在与自己邂逅。

愿风指引我的道路

\\\\\\\\\\\\\\\\\\\\\\\\\\\\\\\\\

    家里的茶花开了，时隔三年，我再一次看到它绽放。小半年没有回家，趁着出差的间隙绕道回去了一趟，看到门前花团锦簇，绿枝抽出嫩芽，菖蒲长得旺盛，一片静谧祥和。邻居阿婆看到我回来，亲切地向我打了声招呼。走街串巷的小贩推着车停在我家门前，对我笑了笑，随手拿了两个果子让我尝尝。

    离家归来，一切未变。门前的红灯笼迎风飘摇，春节时贴的对联被风吹起了一角，伸出手轻轻抹平。面对着熟悉的家，我却迟迟没有推开门走进去。

从前读书、外出工作，一年才回一次家。哪怕坐车经过，也不会想中途下车回去看看。这两年，工作越来越忙，经常出差，却算着日子，每隔两三个月就回去一次。家中亲人一个个走了，长辈们渐渐老了，年轻的一辈都在外地打工、求学，能见面叙旧的越来越少。即便如此，我每年也会至少回去三四次，待个几天，看看长辈。天气好的时候出门转转，看看熟悉的老街道、旧学校，偶尔会去墓地扫墓。

几个重要的南方节日，我是一定要回去的。春节自不用说，除此之外便是祭祀的日子，清明、上元、重阳、冬至。以前从未重视这几个节日，也不曾回去过，直到父亲走了，我才体会到其中的深意。

提前准备好祭祀的用品，置办饭菜，有肉、鱼、青菜、豆腐四样，俗称"四小头"。叠好银圆，如果是父母离世，子女一定要亲自动手叠给他们银圆，以示孝心。叠得越多，他们得到的就越多……这些祭祀的规矩和习俗都是老人们一点一点告诉我的。

我在大伯的带领下，端着给父亲做的银圆和饭菜去了墓地。再过几天就是清明节，墓园里陆陆续续有人来扫墓，墓碑前摆放着鲜花和水果。我们找到父亲的墓，大伯清扫了下周围的落叶和尘土，我从车上拿出准备好的物什放到墓碑前。将帕子放到清水里浸了浸，挤干后开始擦拭墓碑。父亲的照片有了斑驳的泥渍，我一遍遍擦拭，直到照片变得干净清晰。

　　将"四小头"放在他的墓前，倒了一小杯酒，点一炷香。我跪在墓前，开始烧银圆。没有任何声音，在一片沉静的火光中，完成了整个仪式。火越燃越盛，烧着的纸钱随着灼热的火苗升上高空，渐渐飘远。我们默默地看着，没有言语。良久，大伯说了声"好了"，正好是一炷香的时间，所有的纸钱都烧没了。我们把供奉的饭碗收走，我将路边采摘的野花放在墓碑前，然后跪下去，磕了个头。

　　回家的时候，下了场小雨。走到家门前，看到茶花在风雨中微微摇摆。这株茶花还是那年父亲带回来的，只开过一次花，后来不知怎么就枯了。见到它再次迎风而立，开出一簇簇粉白娇艳的花朵，我忍不住俯身触摸。人的生命就如花一般脆弱，花遇到泥土和雨水尚且能活，而人呢，人死之后便不能复生。

　　除了生命不能挽回之外，好像这世上也没什么遗憾不能尽足的事。过往的路上，受了多少劫难，历了多少沧桑，悟了多少情缘，到头来不过相逢一笑泯恩仇。多想学那闲云野鹤，于山水间轻轻掠过，不惊扰了谁，不妨碍了谁。城市的烟火太迷离，宁可守着炊烟过一生。

想起二十岁离家时，未曾体悟生之艰辛。一切都是美好的，春的景、夏的情、秋的意……就连至冷的冬日，也是一场平和的守望，多么好。有些东西珍藏在心中，美丽的依旧美丽，丑陋的也让美丽取代。人之一生，如东升西沉的太阳，无所谓停留，无所谓崇高，都是要落下去的。

"人生短暂，犹如朝阳至日暮。觉得累了，试着放下行囊。"

于是，我终于推开了那扇门。一切如昔，只是没了烟火气，没了那个人。院子里的绿植完好地生长着，大多数花还没有开。风雨渐歇，月亮爬上树梢，我一个人在院子里坐了好久，轻轻地擦掉眼角的一滴泪。

一生中有多少时间能跟至亲至爱的人在一起，就算用尽全部的力量，燃烧着一颗赤诚的心。生命如花般在掌心中开放又凋零，在最美的年华里，谁没有过最深的怅惘与隐痛。即便是路过风丛，在万家灯火下焚灭岁月的浅伤，于寒冷薄冰中匍匐而行，也不后悔。

愿风指引我的道路。

你一生遇见几个人

听说每个人的一生中都要遇见四个人：第一个人，你爱他但他不爱你；第二个人，他爱你但你不爱他；第三个人，你爱他他也爱你，但你们最后不能在一起；第四个人，你未必爱他，但最后你们走到了一起。

L是我的同学，到目前为止，前三个人她都已经遇到了。

第一个人是她在大学暗恋的同学。那会儿她喜欢崔始源，那男生长得跟崔始源很像，L每天掐着点去食堂打饭，去图书馆自习，就是为了跟他偶遇，多看他几眼。L在家是小公主，前二十年的人生里，她从没有讨好过谁。没有谈过恋爱的L将第一个暗恋对象当作自己的初恋，连对父母都没有对这个男生好。可对方不为所动，明明知道她的存在，也知道她喜欢自己，但就是没有表示。L坚持了三年，直到大四考研，才痛苦地放弃。毕业收拾行李时，L把那一封封写给对方却没有送出去的情书，那件亲手为对方织的毛衣都扔进了垃圾桶。她大哭了一场，连毕业典礼都没有参加，狼狈地离开了初恋开始的地方。

第二个人是她读研时期的师哥。大学毕业后，L去了西安读研，认识了同系的师哥。师哥人很好，她刚去西安时就是他接的机。L初来乍到，人生地不熟，师哥带她逛遍了西安的名胜古迹，吃遍各种美食小吃，她去西安后的第一个生日就是师哥陪着她过的。这么细心又暖心的师哥，L愣是对他没有感觉。当师哥在下着雪的圣诞节向她表白时，L拒绝了。自此以后，师哥还是对她好，但两个人的情谊却再也回不到最初了。

第三个人是她工作后的同事。读完研，L去了上海一家外企工作，在那里认识了非常优秀且志同道合的同事。对方毕业于耶鲁大学，经济学出身，为人彬彬有礼，非常绅士。巧的是，他和L来自同一个省。L对这位海归同事非常满意，认为终于找到了今生伴侣。两个人虽然在同一家公司，但因为分属不同的部门且工作繁忙，所以并不经常见面。即便如此，L 还是决定要努力抓住真命天子。她每周末去对方常去的网球馆学打网球，做瑜伽、学英语，努力让自己更有气质。经过大半年的接触和努力，L 觉得对方也对自己有意思。但就在两个人准备试着交往的时候，对方突然接到总公司的调令，被派到美国工作。于是 L 的第三朵桃花，还没开就谢了。对方走的时候，L 大哭了一场，她已经是二十八岁的熟女，不可能天真地一等再等，他们的关系就此止步于现实的阻隔。

这是 L 的三段恋情，遇见了三个人，但一次恋爱都没有谈过。我相信，与她有相似经历的大有人在。L 说，她宁愿做一只青虫也不做蚕。因为青虫长大后能变成穿花的蝴蝶，而蚕长大后却是扑火的飞蛾。

并非所有的爱情都能开花结果，天时、地利、人和，有一样抓不住，爱情就开不了花、结不了果。认识的人说，L 缺的是运气，我却不这么认为。和这三个人中的任意一个修成正果，她都未必快乐。去爱一个不爱你的人，你会为他失去自我；去爱一个你不爱的人，你同样不会幸福；两个人相爱却不能在一起，更会抱憾终身。只有相爱的人努力走到一起，才能让自己真正快乐。

S 是我的同事，她和 L 相反，没有遇见前三个人，她直接遇到了第四种爱情模式。她和男朋友是高中同学，认识了很多年，直到最近才确认在一起。因为知根知底，他们打算过阵子就结婚。在成为恋人之前，S和男朋友是哥们儿的关系，她会把工作上的难题、感情中的烦恼都告诉对方，他们之间没有秘密。

"可一旦做了恋人，我和他的关系就变了，再也回不到之前的亲密了。"

"是不是因为你们成了情侣，你就不便再把所有的心事分享给他了？"我问她。

"是的。"S说，"从前他像大哥一样，我跟他说那些心事，也是希望他能帮我分析解惑。现在再跟他说那些，反而会增加和他之间的误会，让我们的关系变得复杂。"

"可这么多年来，你们不一直是关系最亲密的人吗？"

"正是因为太了解彼此，才会看到对方身上的问题和缺陷。从前对朋友说的话，现在不一定能对恋人说。"

"那你爱他吗？"我问。

S 叹了口气："这么说吧，我其实并不爱他……和他在一起是因为年龄到了，他最适合。"

S 的男朋友是她未必爱，但最后却在一起的人。我问她："不爱怎么能在一起呢？"

她说："爱是一回事，在一起是另一回事。"

同样的话，我问过 L。L 说："如果我不爱他，为什么要跟他在一起？"

果然，爱情观截然不同的两个人，她们的爱情经历也必然不同。

我们的一生中，都会遇见这四个人。也许前三个你已经遇见了，第一个你喜欢他，他不喜欢你；第二个他喜欢你，你不喜欢他；第三个你们彼此喜欢，但不能在一起……那第四个呢，我希望这个人喜欢你，你也喜欢他，你们还能在一起。

愿那些
抓不住的过往，
都成为
回忆里的糖

PART 04

和你并肩看星空，
只谈夜色与微风
//////////////////////////

　　一个人给我来信，说："上帝创造男女是为了让彼此走散再重逢。我们都是残缺的，来到这个世界，就是为了找到自己的另一半，这样才是完整。"

　　收到信的日子是白色情人节。他是在对我暗示什么吗？我不知道，也没有心思去猜。那封信被放在书房的抽屉里，再也没有打开。

　　初恋结婚了，他在朋友圈晒了鲜花和戒指，交握的左手右手上，铂金戒指闪闪发亮。

去年今日，他在成都，我在上海，因父亲病危我回了家。我们有两年多没联系了。他看到我朋友圈发的消息，发来微信："你怎么样？需要我回来吗？"彼时心情太差没有回，他打电话来也没有接。

算算认识他已经十五年了。从懵懂的花季少年到成熟的而立之年，人生近一半的年岁和这个人在并行的轨道上前行，当中几次走散几次重逢，曾经给对方写一封信会觉得紧张羞涩，而今躺在彼此的朋友圈里，连一句问候的话都无法发出。

到底是什么拉开了我们之间的距离，是时间，还是不再喜欢的心情？

他问："你怎么样？"一连数日，我的心情实在太糟糕，回过去的只是两个字："还好。""那就好。"他说，"如果你有需要的话，我就回来……"我关掉手机，没有再回复。

最难的时候，自然是希望有人在身边，如果这个人对自己很重要，或许再难也不会倒下去。他的话对我不是没有诱惑，可是他不是我的男友。年少的恋人，于我只是美好的回忆，而不是现实的依靠。

夜深，微信的提示音再次响起，不用猜也知道是他。

"睡了吗？"

"没有。"

"我也没有。"

"你还好吗？"

"想听真话吗？"我逗他。

他没回复，过了许久，屏幕再次亮了："还在医院吧？"

"嗯。"

"我回去吧，陪陪你……"

他见我一直没回，又发了一个调皮的表情。

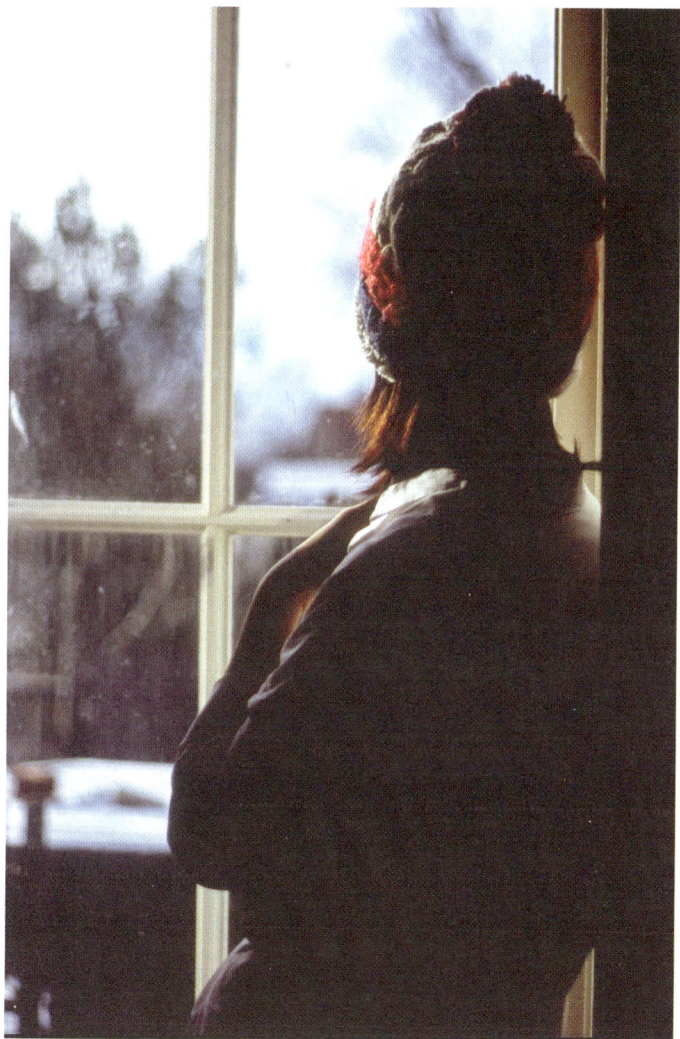

"你过得好吗？"我试图转移话题。

"不好，但肯定没法跟你比。"他说，"我分手了。"

我知道他之前有一个女朋友，已经到了谈婚论嫁的地步。那个女孩长得很漂亮，家世也好，他经常在朋友圈发他们两个人旅行的照片，看得出来，他很爱她。

"为什么会分手呢？"我问。

"我也不知道，本来都要结婚了，她突然跟我提出分手。"我不知道如何安慰，何况那时候我也没有心情安慰别人。"算了，不提了。"他继续说道，"我这几天一直在想，也许是我不够好、不够细心，没有发现她对我的不满。等到快要结婚了，才想明白不能嫁给我，在定亲礼上拒绝我……我觉得我挺失败的。"

"别这么想，这对你不一定是坏事。如果等到结婚了再发现两人不合适，那不是更麻烦。"

"说得也是。"他停了片刻，继续道，"我这些日子一直失眠，一想起和她朝夕相伴的时光，就觉得非常难过。这份感情我投入了太多，没想到是这样惨淡的收场。我妈被刺激得住了院，她本来身体就不好，得知我婚礼泡汤气得晕倒了……都怪我太自私，很少关心她，这么大了还让她替我操心。"

"所以你更要好好的,打起精神,为了你妈妈,也要振作起来。"

"你也是。为了我们的妈妈。"

那一个月，直到父亲去世，我们几乎每天晚上都聊到通宵。仿佛这样一直聊下去就能驱散情感上的阴霾，就能忘了那些带给我们伤痛的事实。我和他似乎又回到了过去的时光，每天在课堂上用小纸条传话。我们是初中同学，他坐在我斜后面，我只要一转头就能看到他。我们常常名次考得很近，老师每次点我的名，全班都会喊他的名字，反之，亦然。

看上去像是小孩子的玩闹，但又不像。他会把他的物理错题集借给我，很细心地用不同颜色的笔整理出重点，我也会把我的作文给他看，写下对作文命题的心得。我们每天放学一起回家，他在校门口等我，我们并肩推着车慢慢地走。有认识的同学经过，吹一声长口哨，我们两个相视一笑，那种隐藏的甜蜜和喜悦浇灌出了一朵小小的花，越长越茂盛，越开越美丽。再然后，我们分开了。初三分班，我和他被分到不同的班级。中考压力太大，我的成绩掉得厉害，于是决绝地写了一封分手信。

"那时候，"他说，"我拿着你的信哭了一晚上，怪自己太傻……"

现在想想觉得有点好笑："那时候我不是真心想跟你结束的，但我没办法。"

"我知道，其实中考结束我就明白了。但我还想跟你考同一个学校，重新追你。"

我们最后还是没有考进同一所学校，他去了一中，我去了二中，我们就此断了联系。分开的这些年，偶尔听到他的消息，谈了几个女朋友，去了哪座城市发展。这些都是从别人口中得知的，直到我去了上海，有一天突然接到一个电话，他说："是我，我来上海出差，你方便出来坐坐吗？"

他是从杭州绕道来上海的，晚上还要坐飞机回成都。一别多年，故人重逢，年少的样子在回忆里摇曳，二十多岁的我们在对方的眼中会是什么样的呢……那一天，我的心一直悬着。也许是爱美之心作怪，也许是别的说不出的情感，我挂了电话之后化了妆，换上新衣服。就当一切似乎要往一条轨道上汇聚时，突然戛然而止。电影也演不出的剧情在我身上发生了——我的手机出了故障，和他失联了。

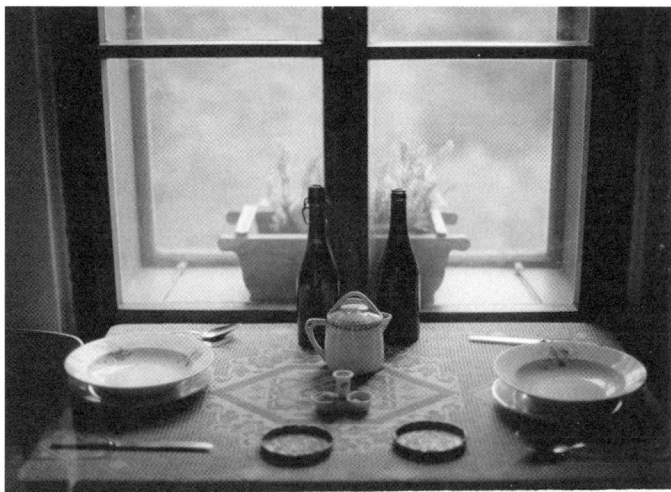

　　等到我们再次联系上的时候，他已经回了成都。一场意外，在彼此的心里仿佛埋下了"注定"的种子。我们又回到了各自的轨道上，一个在上海，一个在成都，逢年过节互道祝福，除此之外别无他言。直到他有了女友，直到他要结婚，直到他分手，直到他说："如果你需要，我就回来……"可是，我已经没有再爱一次的勇气了。

　　我突然想起那句一直憋在心里的话："老天还是没有让我们在一起。"

这句话，在他遇到新的人、结婚，我看到他发的照片时，再次在我的心里回响起来。但我什么也没有说。我们共同的初中同学，结婚时邀请了我和他，他当伴郎我当伴娘。对方说："我结婚许下的愿望就是希望你们在一起。"新娘把捧花送给了我，对我说："要加油啊……"

"童话应该有美满的结局，你们两个在一起就是童话。"

世间那么多男女，不见得个个都能成双成对，相伴需要足够的运气。我们已经走到了人生的下一个路口，回望一次过去，就算记忆里的那个人还站在来时的路上，我们能做的也只是对他笑一笑，挥一挥手，重新认识一次，把丢失的情分找回来。有些事是注定的，就像有些情，到最后只是挥手说再见的一个仪式。而我能在最好的年纪遇见他，这就够了。

如果他邀请我，就买一束风信子，在他的婚礼上送给他。我们走散了再相逢，未必就要得到一个完美的结局。

只是畅想着，终有一日，和你一起并肩看星空，只谈夜色与微风。

浅喜似苍狗，深爱如长风

学长 W 打来电话，问我什么时候回学校看看。他在日本待了八年，回来第一个联系的就是我。从北京到天津，现在坐城际只用半小时。想起那年刚上大学，到北京旅行，坐的还是绿皮火车，要两个多小时的车程。

回到母校，校园里的樱花开了，操场上有几个人在踢足球。我和 W 随意地散步，樱花开得正盛。白色的或者粉色的，一朵一朵，一簇一簇。阳光透过枝丫，投射到正门的喷泉上，水流的颜色也鲜明起来。我站在风中，观望道路两旁延伸的树，树梢随风摆动。

天空是纯净的蓝色，强烈的阳光照得我眯起了眼睛。

他问我："这些年你过得好吗？"

我说："还好，你呢？"

"我也挺好。"

我微微点头。

我们去食堂吃了熟悉的煎饼果子，又去超市买了以前经常喝的酸奶，然后坐在喷泉边的长椅上，看着来来往往的行人。莫名地想起岩井俊二的电影《四月物语》里，武藏野大学的那间小书店，北海道原野上弹吉他的男孩是那间书店的店员，暗恋他的女孩为了他努力地考进这所学校，后来在雨天的时候向他借了一把坏掉的红雨伞。

想着想着，我突然笑了起来。W 问我笑什么，我将电影里的场景告诉了他。我和 W 当年上大学组乐队，他是吉他手我是鼓手，课余时我们在一起排练，他为了增强我的体力常常叫我一起去夜跑，理由是"这样你打鼓才会有力"……这些已经是很久远的事情了。

"你叫我跑步无非是要我陪你打卡。"

"我是为了锻炼你好吗？"他辩解。

还记得我们给乐队起名字的时候。W非要叫"Wing"，因为他的后背文了一只翅膀。我坚持要叫"Wind"，最后他拗不过我，便用了这个名字。"Wind"是风，意思是我们的自由像风一样。

他喜欢Beyond，喜欢黄家驹，喜欢那首著名的《喜欢你》。后来这首歌在《我是歌手》里被邓紫棋翻唱，又一次翻红。W轻轻地哼着："喜欢你，那双眼动人，笑声更迷人；愿再可，轻抚你，那可爱面容，挽手说梦话，像昨天，你共我……"

"你还记得迎新晚会我们排练这首歌吗？"

"记得啊。你总嫌我拍子不准，一个劲儿地训我。"

"我那是教训你吗，是指导。"W呵呵笑道。

那会儿我是新人，基本功不够扎实，为此没少挨他说。他曾经一度想把我换掉，又找不到合适的人，于是变着法儿地"压榨"我。每天让我晚自习给他带饭，打扫排练室，帮他擦乐器，还要给他抄吉他谱……除此之外，还得应付他的突击检查，打鼓只要错一个节拍或者他交代的事情有一件干不好，就要收拾东西走人。

"幸亏我都坚持下来了。"

"那是我教得好。"

"你那是欺负人，仗着是学长，欺负学妹。"我恨恨地说。

"你不知道吗，喜欢的变相表达就是——欺负。"他突然说道。

空气一下子安静了下来，四周有缓缓流动的气流。天空中出现一道白色的弧线，像飞机划过的痕迹，在云朵间穿梭。操场上爆发出一阵欢呼，有人进球了。一阵风吹来，樱花纷飞飘落，拍照的女生举起相机，"咔嚓"一声，时间就此停驻。

"我那时候喜欢你，对着你唱《喜欢你》，只是你不知道而已。"

我一时间束手无策，面对他突如其来的迟来的告白。

"哈哈，别有负担，都过去那么久了。"他摸摸鼻子，我微微松了口气。

　　"我在日本这些年，一边打工一边搞乐队。下班之后去酒吧驻唱，唱的还是那几首老歌。老板要我唱他们的流行歌，我不太会唱也不想唱，后来带着乐队在街头卖唱，我们唱中文歌，唱英文歌，也唱日文歌，都是自己写的……但我唱得最多的，还是那首《喜欢你》。"

　　"你很喜欢这首歌？"

　　"我很喜欢那时唱这首歌的心情。"

　　我没有说话，他也没有再说话。我们一起看着对面的喷泉出神，手边的酸奶还没有喝完，蓝色的瓶子各摆一边，一如当年。过了许久，他说："时间不早了，我们走吧。"因为我要赶回北京的城际，便起身跟他告别。

　　"回来之后，打算做什么？"离开前我问他。

　　"没想好呢，先到处转转，好多地方都还没去过呢。"

　　"那……还会再做乐队吗？"

　　"可能不会了吧。"他低着头，轻声说道，"我回来之后日本的乐队就解散了，当年一起组乐队的那几个人，都好久没联系了，现在应该都成家了吧。"

对话到此结束，感觉我们再没有什么可以说的了。

他说："那你快去车站吧。"

我说："好。那你保重。"

"你也是。"

走出校门，我们一个往东，一个往西。我走了几步，突然转身，他像是有感应般，举起手摆了摆，没有回头。就像当年，我们的最后一场演出结束，分别之际，我背起包转身，看到他背着吉他，一只胳膊突然举起来，背对着我挥了挥手。那一挥手，就是八年。

"下一次见面会是什么时候？"我很想问，可他已经走远了。

我想起一部很久以前看过的片子，影片中一个人问另一个人："那张黑白照片上的家伙为何轻易地让我想起你……"

"大概他与你是住在我心脏里的邻居。"另一个人答道。

　　我们其实都一样。人生，最终会被我们过成一个旅馆，每一个房间都会被占满，被清空，被用旧。有很多人来，有很多人走，有很多人留下，有很多人遗忘。每一把钥匙都留着不同人的指纹和温度，散发着晦暗不明的光。于是，我点燃店堂里那盏昏黄的油灯，给你一个房间的号码，等一个你给我的回应。

　　你说，浅喜似苍狗，深爱如长风。

就想和你
眉来眼去，随随便便
/////////////////////////

　　最近流行甜宠剧，从《经常请吃饭的漂亮姐姐》到《金秘书为什么那样》，从《致我们单纯的小美好》到《结爱·千岁大人的初恋》，男主角们个个能撩，堪称"金秀贤""宋仲基"们的2.0版。这些光芒万丈、犹如天神的男主角哪里是在宠溺女主角啊，分明就是在宠爱我们这些寂寞舔屏的"小姐姐"……

　　去《明日之子》的录制现场，扑面而来的全是小鲜肉的气息，不禁感叹一句：年轻真好。写过很多关于青春的书，不知为什么，特别留恋青春，大抵因为那是一生中最好的样子。看《坏孩子的天空》，看着安藤政信那张俊美桀骜的脸，就想起那句："只是那天阳光很好，你穿了一件我爱的白衬衫。"

这就是青春。

一个朋友问我："你知道什么样的恋爱是最好的吗？"问完之后，她又重新打量了我一番，摇摇头说，"算了，你也一直没谈恋爱呢，怎么会知道。"

我的朋友里有个小群体叫作"母胎单身者"。所谓"母胎单身者"，就是从来没有谈过恋爱，除了工作交集，生活里很少出现异性的人。

我曾问过她们："找不到男朋友是不是因为你们太挑剔？"

"一点也不挑啊，"她们说，"我不过就是想找一个清清爽爽的人谈一场简简单单的恋爱。"

"你觉得谈恋爱难吗？"我问 Tina。

她说："也难也不难。不难就是只要爱他，怎么都行。难的是，怎么才能爱上他。"

Tina 是对爱情笃定坚持的女孩儿，知道自己要什么样的。她说过一句非常经典的话是："我不要他有房有车，也不要他工作好家庭好，我只要他对我好。"

《举重妖精金福珠》里有一个情节，男主角俊亨的哥哥在雨天给女主角金福珠撑了一把伞，福珠因此对他念念不忘，因为从小到大都没有被人这么照顾过。在那一瞬间，福珠觉得自己遇到了爱情，她不顾一切地对他好，用爱回馈他。

"我只要他对我好，这就是我想要的爱情。"

对现在的女孩子而言，那些过去摆在首位的条件已不再重要，家境、事业、房车、学历甚至是能力都比不上一句"我会对你好一辈子"。好一辈子，真的就是好一辈子，一年、一个月、一天、一分钟都不能少。

有个女明星结婚，她说："我的前前任和前任都很好，他们一个教我做温柔的女人，一个教我做成熟的大人。但我最喜欢现任，他教我做回小孩。"

那些教会我们能力、塑造我们性格的伴侣，不是不够好，但总觉得他们的"好"里缺了点什么。他们或是要我们快速成长，

独当一面，做个不依附男人的大女人；或是要我们说话小声，做事小心，做个温柔善解人意的小女人。可他们却忘了爱人原本的天性，忘了去宠爱她、呵护她，在她遇到难题的时候帮她解决，在她缺少关心的时候打个电话，在她累了的时候给她一个拥抱……有时候，看似坚强独立的大女孩们，真正需要的其实只是一个拥抱。

抖音上有个非常火的视频，节目组采访了一个成都女孩儿："你觉得男人一个月挣多少工资可以养活你？"女孩儿很腼腆地说："只要能带我吃饭就好了。"

男人们看这个视频，会觉得女孩子温柔可人，要求不高。我理解的视频背后的解读是：我不要求你月薪过万，不要求你工资的百分之多少为我花，可你愿意每周带我出去吃一顿大餐，每天做饭给我吃吗？

往往越简单的，才越难做到。

生活在快节奏的大城市，资讯发达，刷不完的朋友圈，看不尽的短视频，走路都是带风的，哪有心情好好谈一场恋爱啊。想要的爱情其实很简单，能满足预期的人却很少。也许有一天真的有这样的人出现，他对你好，说爱你，你也会想一想，他真的爱我吗……不会是骗钱的吧。

　　我们年轻的时候，有着这样那样数不清的一二三四……你都有吗？现在我们老了，只想跟你牵牵手遛遛狗，路边摊走一走。这样的土味情话，我有一箩筐可以说给你听。你不需要多好，只要你足够喜欢我就好。

　　有人想跟你环游世界，有人想跟你柴米油盐。

　　我好养，就想跟你唱点通俗音乐，眉来眼去，随随便便。

我们之间
不近不远的距离

////////////////////////

　　我和 C 先生隔一段时间就会碰面。我在上海，他在北京，每次去北京出差，如果有空闲的时间，我就会坐地铁从东四环到西四环去看他。慢慢地，他公司的很多人都认识我，有的见到我去，会熟络地叫我一声"夏老师"。

　　我和 C 的关系谈不上多亲近，我们一直保持着一段距离。他从不主动找我，我也不找他，但是逢年过节会给他发个微信。

　　算算我们认识也有七八年了，他比我大十几岁，我叫他叔叔。

他有很强烈的保护欲，四十多岁的人还羞赧得像个少年。C 不会主动跟人接近，和不熟悉的人除了工作对接之外没有其他联系，这么多年，他的朋友始终还是那几个。

我跟 C 谈起工作的辛苦，他说："你觉得辛苦就不要做了。"他的生活态度一贯随意，生活给什么就接什么，从不用力抓取。

"怎么能让自己舒服怎么来。"C 试图说服我。

我撇撇嘴，略过这个话题。

但下一次见面，他依然会问："你工作辞了吗？没辞就赶紧辞了。"

"那谁养我呢？"我问。

"找个男人啊。"C 一本正经地说道。

我们都喜欢听 Pink Floyd（平克·弗洛伊德），喜欢博尔赫斯和里尔克。

C 说："你就是一文艺女青年。"

"那你就是文艺老男人。"

C 说不过我，只得闷头喝酒。

他曾经撮合我和他公司的一个员工，说那人怎么怎么好，跟我如何如何配，最重要的是，那人喜欢我，会对我好。他打了一个比方，对我说："你跟他在一起就好比依萍和书桓，你们就是'情深深雨濛濛'。"我听得直头疼，问他是不是心里住着一个琼瑶，他说："缠绵啊，这不就是你想要的缠绵的爱情吗？"我叹了口气，男人真的什么都不懂。

C 是个天真的人。他却说，天真的人不代表没有见过世界的黑暗，相反恰恰因为见到过，才知道天真的好。

他在微博上有一个马甲号，刚认识他的时候，我因为好奇，潜水去看他的微博。他在上面胡言乱语，和平时判若两人。如果不是因为他在微博上经常分享 Pink Floyd 的歌，我几乎怀疑找错了对象。有一次，我发现他在微博上写了一句话："认识一个傻姑娘，偶尔和她瞎聊几句。"忍不住想，这是不是在说我，原来他对我的认知就是一个"傻"字。

C 知道我喜欢日本，他去日本出差，回来时给我带了一本和风笔记本，布面的，里面夹了一片枫叶。我问他枫叶是怎么回事，他支支吾吾地说不知道。于是我跑去他的微博寻找蛛丝马迹，看到他发了一张照片，是在日本拍的一片枫叶，跟送我的一样。我没再问他，但又很想知道他是怎么想的，拿着枫叶看了又看，最后还是忍住没有问出口。

在情感的表达上，我们都是羞于启齿的人。确切地说，都是善于伪装，把自己包裹起来的人。

后来我一直待在上海，跟 C 很少联络。想找他聊点什么，又不知道如何开口，我们的关系一度变得非常疏远。我远离了他生活的圈子，他也从我的圈子里消失了。有次偶然想起他，去翻他的微博，却发现微博注销了。他大概是不想被人发现，又或者是觉得写这些毫无意义。

你如果问我是不是喜欢 C，答案是肯定的。这么多年，我好像一直没有找到那个情投意合的人。有人来，有人走，发生还是未发生，这些都不重要。我对他们的感情始终不够真诚热烈，这是我的问题。

C 问我："你为什么一直不嫁人啊？"

我说："找不到吧。"

几年后，我又去了北京，第一个见的朋友还是他。故人重逢，一切未变。他瘦了，头发留长，穿着长衫，仙风道骨。我调侃道："你这是要修仙了吗？"他不好意思地笑了笑，说了一句似是而非的话："不想被小姑娘搭讪。"我突然有点失落，不是因为他的敷衍，而是觉得他在我面前不够放开自己。

最好的时光，就是你喜欢我，我也喜欢你，可我们都还没表白。

但这真的不重要。喜欢是一回事，在一起是另一回事。曾经有那么一瞬间，我喜欢过一个人，而这个人也让我感受到了他的心意，这就够了。有朋友调侃说这是民国式的男女之情，我不禁想起了C说过的"情深深雨濛濛"，会心一笑。这样，也挺好的。

C送我的时候，外面下起了北方秋天罕见的小雨。他说："你等等，我去拿把伞给你。"我笑笑说不用，但他执意要给我一把。在他回去拿伞的时候，我站在沿街的走廊下，看着雨中行色匆匆的行人，雨水打在地上溅起一朵朵水花。他握着伞一路小跑过来，那个熟悉的身影，由远及近，水花在他身后飞舞，他的头发被淋湿了，布鞋踩在水坑里沾上了水渍，而他恍若未觉。

我们隔着不近不远的距离，就像我们这些年不近不远的关系。

你头发上淡淡青草香气，
变成了风才能和我相遇。
你的目光蒸发成云，
再下成雨我才能够靠近。

感谢我不可以住进你的眼睛，
所以才能拥抱你的背影。
有再多的遗憾用来牢牢记住，
不完美的所有美丽。

我怀里所有温暖的空气，
变成风也不敢和你相遇。
我的心事蒸发成云，
再下成雨却舍不得淋湿你。

感谢我不可以拥抱你的背影，
所以才能变成你的背影。
躲在安静角落不用你回头看，
不用在意。

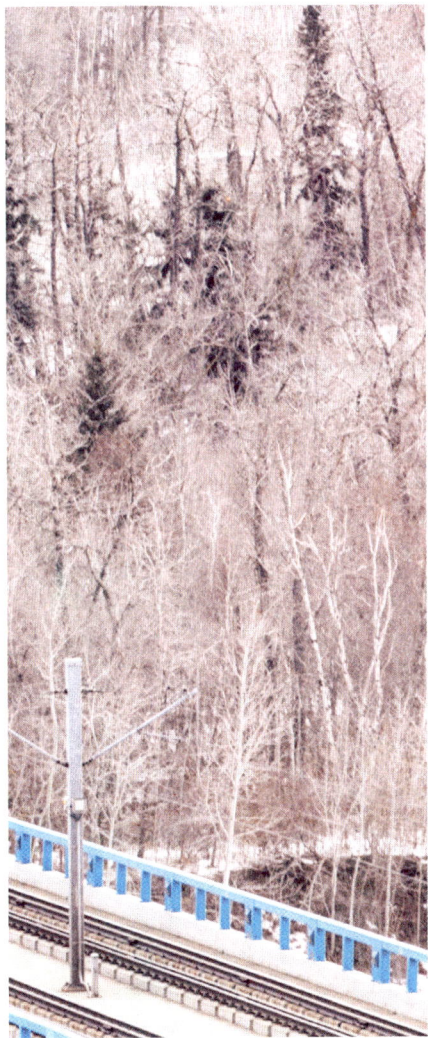

你说一句不要走，
我扔掉烈酒和自由

////////////////////////

老季和花姐是我见过的最有意思的一对。老季是沈阳的，花姐是成都的，一个东北，一个西南，他们的性格却南辕北辙，像是出生地搞反了。老季爱民谣，说话斯文，没事儿倒腾倒腾花草，喝一壶茶、抱一把吉他就能过一个下午。花姐大大咧咧，性格豪爽，吵架嗓门儿大，爱交朋友爱吃辣。两个人的相识足以谱一曲民谣，拍一部电影。

老季和花姐认识之前，一共错过了三次。

第一次是花姐上大学那会儿，一个人跑去青岛看演出。老季正在青岛读大学。看演出的时候他俩站前后排，花姐在前，老季在后，台上是某知名摇滚乐队。老季只见一个花臂姑娘高举双手Pogo（原地纵跳），整场演唱会他歌儿没怎么听，反倒记住了前面这个姑娘。老季腼腆，不好意思跟姑娘搭讪，于是就这么硬生生地错过了。

第二次是老季毕业之后去成都出差，在一家苍蝇馆偶遇了花姐。那天是花姐朋友的生日，她朋友又赶上失恋，遭男友劈腿，花姐在旁边一个劲儿地安慰朋友，痛骂臭男人。老季看着这姑娘似曾相识，但因为时间隔了太久迟迟不敢确认。直到花姐越说越激动，脱掉外套露出胳膊上的文身，老季才恍然想起，这就是两年前看演出时遇到的那个花臂姑娘。老季想上前打个招呼，奈何花姐的气场太强大，借着酒劲儿痛斥着世界上没有一个好男人。老季思虑一番，还是怂了。

第三次是在青岛的一家酒吧，老季每周末都在这家酒吧驻唱。彼时花姐来青岛找同学玩儿，同学带花姐来泡吧，遇到了驻唱的老季。一个在台上唱歌，一个在台下听歌，老季没有注意到花姐，或者说他没有想到还能和花姐重逢，花姐却被唱歌的老季吸引了。喝醉酒的花姐冲上台，对老季说了一句："我是不是在哪儿见过你啊……"

第四次是老季去川藏旅行，在川南的一个小山村遇到了在那儿当志愿者的花姐。他见到她的时候，差点没有认出来。花姐穿着藏青色羽绒服，素面朝天，脸上因长时间暴晒，长出了雀斑。她戴着帽子、口罩，给老季打了一碗热水。当她把热水递给老季的时候，突然摘下了帽子、口罩。她没有认出老季，但老季认出了她。

两座城市，四次相遇。第一次是"酷"，第二次是"虎"，第三次是"浪"，第四次是"飒"……每一次相遇，老季都会重新认识一次花姐。他觉得这个女孩太神奇了，是老天给他的缘分，今生错过实在太可惜了。于是性格寡淡的老季做了这辈子最出格的一件事——掏出手机，加了花姐的微信。

他搭讪的方式非常"鸡贼"。他对花姐说，自己初来乍到，人生地不熟，能不能帮忙找个住的地方。彼时花姐还没认出他，而他已经下意识地把花姐当作老熟人。花姐心想，这男的真够可以的，真拿她当爱心小天使了。想归想，她还是出于人道主义精神，帮他找了一家民宿。自然，老季早已订好的那家旅馆就不去了。老季又说自己没带现金，能不能让花姐帮忙付一下押金。花姐虽然觉得不妥，但还是答应了。

老季虽然闷，但闷有闷的好处——看上去波澜不惊，叫人捉摸不透。花姐付了押金，老季说："能不能加你个微信，我发红包给你？"

就这样，老季加了花姐的微信。老季很少发微信朋友圈，基本上维持一年两三条，可恰好这几条都与花姐有关。最早的一条是在成都偶遇花姐那次，他发了一张兔头的照片，配文："怎么下口？"定位刚好是那家苍蝇馆。还有一条是一张他抱着吉他在酒吧唱歌的照片，配文："花房姑娘。"

花姐看了，啧啧称奇："天哪，这家苍蝇馆是我经常去吃的那家，还有这家酒吧我也去过……原来你就是那个……那个'小李健'？"花姐认出了老季，简直不敢置信。而老季仿佛是第一次认识花姐般，微微笑了笑说："是吗？这么巧。"

至此，他俩真的成了朋友。花姐的每一条朋友圈老季都点赞，但他从来不留言。有一次，花姐忍不住问老季："你看我的朋友圈是什么心情啊？"老季回了两个字："挺好。"

花姐觉得老季闷，花姐觉得老季不够浪漫，花姐甚至觉得是自己主动追老季的。她喜欢有才华的男人，老季的魅力无法阻挡，何况他们还如此有缘。原来老季去过成都，去过她爱吃的那家馆子，老季还在她去的那家青岛酒吧唱过歌，她当时喝醉了还把他错认成别人……花姐不知道的是，所有事情与她以为的恰恰相反。他们第一次相见不是在成都，而是在青岛，不是酒吧，而是一场live演出。是老季先知道花姐的，而且这么多年念念不忘；是老季在苍蝇馆认出了花姐，不敢上前搭讪；是老季没话找话，为了认识花姐编了谎言，加了微信……

于是，自认为主动的花姐发现，老季朋友圈那为数不多的几张照片全是表达对她的思念的。这是他藏在心中的秘密，他曾以为这辈子都不会被发现，这辈子都不会再遇见她。在第三次他认出花姐，而醉酒的花姐指着他半天，最后被朋友拽走说抱歉的时候，他又一次怂得没敢追上去，告诉她"你没有认错，我们是见过，还不止一次"……他一次次地自责，一次次地懊悔，一次次地骂自己"怂蛋"。好在缘分让他在海拔三千多米的地方再一次邂逅心仪的姑娘，于是他告诉自己，这一次，绝对不能怂。

后来，他们顺理成章地在一起了。是花姐追的老季，她向老季表白："你看我们俩这么有缘，不如在一起吧。"老季心里乐开了花，但面上还是不动声色地说："好啊，听你的。"

没有浪漫的情话，没有山盟海誓，一切都是这么自然。恋爱的几年，花姐总怪老季不够浪漫，从不对她说情话，连表白都是她主动的。虽然老季从来不说，却实实在在地在做。他为花姐从青岛搬到成都，他原本有份很好的工作，却因为花姐想开民宿而放弃自己的梦想来配合她。他原本不喜欢社交，但为了经营好民宿经常应酬。他甚至文了和花姐胳膊上的图案一模一样的花臂……评判一个男人好不好，不是看他说了什么，而是看他做了什么。

花姐嘴上仍然常数落着老季，可每当提起老季，她的脸上总是洋溢着明媚的春色，像四月里最美的鲜花一样娇艳。那是爱情，最美的模样。

闲暇的时候，花姐喜欢在他们家的院子里沏一壶茶，听老季弹吉他，两个年轻人像老夫老妻般过着闲云野鹤的慢生活。花姐逗老季："要是哪天过腻了这种生活怎么办呢？"

老季拨弄琴弦，轻轻地唱了一句："你说一句不要走，我扔掉烈酒和自由。"

唯有你愿意去相信，
才能得到你想相信的

//////////////////////////

有人问我："如何才能得到你想相信的？"

感情的事情看似简单。遇到问题，说一声"我相信你""我很安心"，便觉得能够缓解暂时的危机。但危机始终存在，不是一次花言巧语的敷衍、一场速战速决的床上关系、一张任意透支的信用卡就可以解决的。

两个人恋爱，最重要的是将心比心。

　　和一个人聊天，他说，很多人为了安全感去寻找伴侣，希望从对方身上获得依靠和疼爱。我说，若自己不够强大独立，这样的人到哪里去找？那个给自己提供依靠和疼爱的人，难道不希望得到同等对应的回报？如果得不到，他会在一次又一次无所得的付出中感到疲倦。所以，爱是相互的，你需要的安全感，正是对方同样需要的，应该彼此给予，彼此照拂。

　　重温《北京遇上西雅图》。女主角不是很漂亮，骨子里却有一股迷人的韧劲；男主角也不再年轻，胡楂儿与白发平添了几分沧桑优雅的魅力。这段发生在异国他乡的浪漫恋情，将种种不可能变成可能。时过境迁，两个人带着各自的孩子在帝国大厦重逢。而戏外的她，也已经嫁人了。

　　不少影迷惋惜，汤唯嫁的为何不是《晚秋》的主演而是导演。他们跨越国度，突破语言障碍，避开闪耀的镁光灯与流言蜚语，从对方眼中看到了自己的本来面目。缘分使然，身后过往皆成历史，唯有用心去爱，才能得到自己想要的。

　　真正相爱的人，会看到对方婴儿般的灵魂。

　　是这样的。相爱的人是照出彼此的镜子。我们爱上一个人，其实是爱上了自己隐性的一面。爱的深层含义，是两个人灵魂与

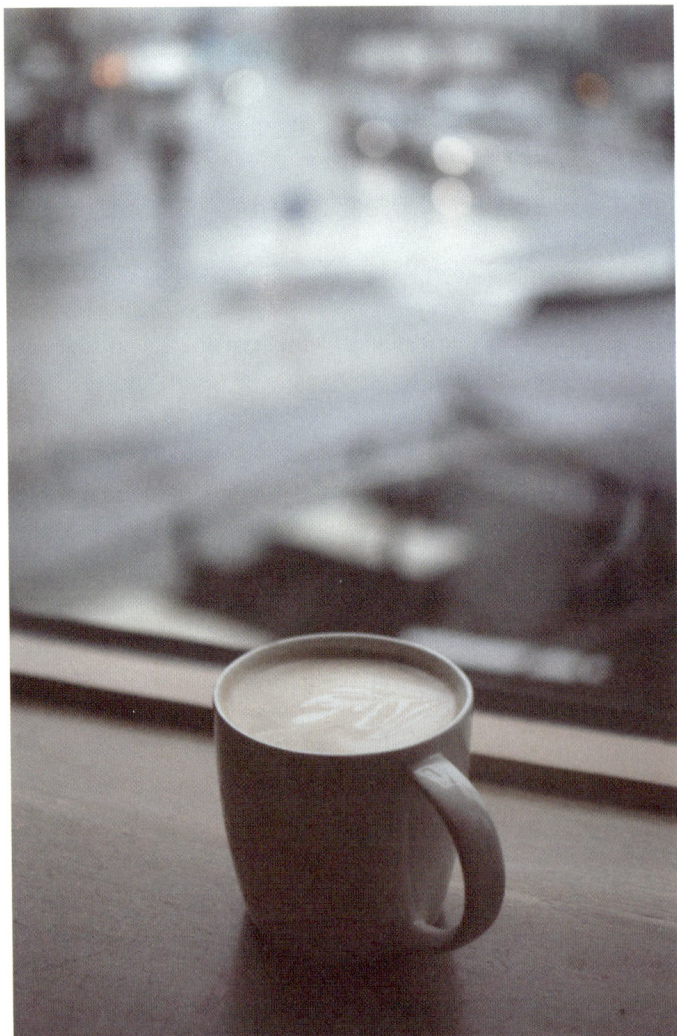

情感的交流。它可以使人性完整，治愈伤痛，填补空虚，抚慰孤独。当你用心去爱时，就会变得柔软感性，对一切事物的看法越来越宽容，从而成为一个善良知足的人。

过去恋爱，我始终不能够将自己完全打开，全身心交付给对方。对一段感情和缔造感情的当事人有着种种不确定和防备心理，敏感多疑，一有风吹草动，便竖起浑身的刺，充满攻击性。总是害怕对方会给自己造成伤害，结果却是伤害自己的同时也伤害了别人。以至于每一段恋爱关系都非常紧张迅速，最后草草收场。

有些人，喜欢对方却迟迟不敢表白，觉得距离太远、差距太大；有些人，遭受过欺骗和伤害，认为所有靠近自己、表达爱意的人都是情场骗子；有些人，以玩弄他人、经验丰富为资本四处炫耀，从不用心对待感情，也不知道内心深处需要什么样的情感；有些人，因为父母的婚姻、童年的阴影、早年的经历而产生悲观绝望的心理，认为自己注定一生孤独，得不到幸福……

很多人，在未来得及敞开心扉、开口表达的时候，已然失去了资格。不是他们不够好，也不是他们不够真诚，而是他们的胆怯、怀疑、矛盾、软弱和自私，令自己在即将得到的时候却遗憾失去。

在追求一段感情的道路上，很少有人能坚持下去，尽管以爱之名如此高尚，人性却十分卑微可怜。有些人在爱的面前抬不起头，退缩一步，自嘲地想：就这样吧……不追求，也就没有了麻烦；不付出，也就不会吃亏。

那个对我说"如何才能得到你想相信的"的人，谈起他的感情经历时，微微一叹，说："我总是在与人交往中小心翼翼，倒不是怕被骗，而是惯性使然。当我准备用心投入一段感情时，我又一次怀疑自己做不到，想要逃之夭夭。这样的人，如何得到自己想相信的呢？"

相信的前提是，克服内心的重重障碍。如同打保龄球，重要的不是推倒多少只球瓶，而是对准目标扔出球的瞬间，充满力量，这样才能所向披靡。如果你足够自信、足够坦荡、足够坚定、足够沉着，把它当成一场自我沉醉的表演，你就会因此而发光，也终会有人因你的光芒起身鼓掌。

"唯有你愿意去相信，才能得到你想相信的。"

我来过，你爱过的世界

　　有个大学同学得了癌症，已是晚期，我得到这个消息的时候，很久都无法平静。三十岁之后，已经很少再为其他人和事伤神了，除了生死。这是始终回避不了的问题。

　　记得上大学的时候，我们在一个班级，她住在隔壁宿舍，我每次去盥洗室洗衣服都会碰见她。她扎着马尾辫，穿一件高领毛衣，手中拎着水壶，看到人低头微微一笑，笑起来很温暖。毕业后我们就没有再联系，前几年北京的同学聚会，她没来，后来大家建了一个微信群，她也在里面。

大学里有个话剧社，我那时候在社里当导演，她是副社长，社长是比我们大一届的学姐。学姐有意培养新人，于是我经常见到她在社里忙碌地组织活动的身影，个子小小的，却很有号召力，每年的迎新和新年晚会，她都能带领话剧社拿到第一名。同样的，她的成绩也非常优秀，年年都是奖学金获得者。

这么优秀、努力的女孩，为什么早早地就要面对疾病和死亡。同学给我发来了她的微博网址，说："你有空的时候看看吧，我看了几篇，实在看不下去了，太难受了……"

我打开链接，微博记录的是她生病的日常，可以说是"生病日记"。除此之外，都是患病期间和她老公相处的点滴。看得出来，她很爱她的老公。她亲切地称呼他，K 先生。

我在床上赖着不想起来，想着其实老天也算是给我选了个比较好的生病时机不是吗？如果是刚工作的那几年，我连买药的钱都没有；如果没有买房子，也许我现在只能躺在出租屋里苟延残喘；如果是早几年生病，我可能都没有机会用"pd1"这种疗法；如果我和K现在有孩子，我或许更加无法面对离别这件事……莫名地情绪有点低落，叫了K过来，让他抱着我靠一会儿，依偎着聊几句。

"你会不会很辛苦？"我问 K。

"不会，我希望你早点好起来……好起来，我就可以好好地抱抱你了。"

"宝贝啊，我们没有孩子，你会不会很难过啊……"

"我不去想这些，我相信以后我们会有的。"

"我妈妈说了好几次要把床搬到那个空房间里，但我不想搬，那是我们原来留着做儿童房的。我总觉得，一旦搬过去了，这个希望就破灭了。"

"那我们就留着吧，也没那么着急。"

"宝贝啊，你会怪命运吗？明明到了这个阶段，我们的生活开始宽裕了，可我偏偏生了病……"

"我不怪。我只想着怎么把手里的牌打好就行了。"

"可是我抓的牌真的好烂啊……"

"宝贝啊，我好爱你。"

"我也爱你。"

读到这里，我真的读不下去了。命运太残忍了，深情的爱人、美好的前程、幸福的家庭……对她来说，这一切似乎就要远去了。他们还那么年轻，还没有孩子，新生活才刚刚开始，还来不及对明天说一声"你好"，就要跟今天做一场告别。

　　我终于有力气从床上爬起来了，K扶着我，让我慢慢靠在他的怀中。他说，以前没钱的时候，我都不问命运。我现在也不会去问命运，只想把所有的牌打好就好了。

人生是一场赌局，我们都是其中的赌徒，不管命运出什么牌，我们只管把手中的牌尽全力打好。哪怕只有一半的胜算，哪怕明知最后会输，也要有釜底抽薪的勇气，不到最后一刻决不放弃。

这种感受我也经历过。当我拿到父亲的病危通知书，当医生从ICU里走出来告诉我准备后事的时候，我跟K一样，也在想怎么样把手中的牌打好。没有时间了，也没有医疗措施可以续命，躺在里面的是一个只有微弱心跳的身体，我无法与他对话，无法和他告别。我不知道该怎么做，脑海里只有一个声音，做你自己想做的，做你现在要做的，不留遗憾。于是我几天几夜不眠，几乎打遍了全国所有权威医院的电话，不停地拜托人，不停地找治疗方案，恳求医生再多给点时间，求护士给他用药，不要停止……在ICU室外度过的一个个日夜，身体因极度衰弱而抽搐，喉咙肿痛得说不出话，却依然不死心，不眠不休，像一个亡命的赌徒，企图与命运赌一场。可惜，最后还是没有赌赢。

现在看到 K，就像看到昨日的自己。幸运的是，他们还有话别的时间，即使病痛和死亡侵袭，只要有爱人在身边，陪伴这最后一程，就能拥有抵抗一切的力量。

> 凌晨三点五十分，喝完一杯豆浆，胃疼稍微缓解了一些。这几天都是这样，胃已经支撑不住过长时间的饥饿，哪怕是晚上。所以我要在睡前吃点东西，备好温热的粥，等四五点吃一些，再躺下来睡。最近特别怕冷，妈妈准备的被子都太冷了，于是我让 K 又加了一条被子给我。我有很多的焦虑和痛苦，似乎可以随时喷涌而出，但我告诉自己，不要想，不要想。就去体会这杯豆浆的口感，就去体会加了被子以后的差别，就去体会吃完东西以后胃舒服一些的感受，差不多了就躺下睡觉……

看着她记录的这些日常，温馨平常，却无比珍贵。她大概是在用这种方式抵御病痛的折磨和对死亡的恐惧。爱人的陪伴、亲人的照顾、一家人在一起的平淡踏实，是她仅有的一点安稳和快乐，多么心酸。这个和我同龄的女孩子，用坚强的心态在生命的倒计时里体验着人世烟火的温暖，记录着自己努力活着的模样和对爱人的眷恋深情。她是如此爱这个世界。

想起了父亲最后的时刻，那时他已经失去了知觉，只是睁着眼睛，直直地看着虚空，满眼是泪。那是他对这个人世最后的留恋，再看一眼，再看一眼……即使我在他身边，握着他的手，也无法替他驱散死亡的寒冷。他是恐惧的，我知道，我们是骨肉至亲，有心灵感应。他浑身都在抽搐，而我只能紧紧地握着他的手，一遍遍地告诉他，我会陪着他，送他最后一程。

最深情的表达，不是我们生活在一个世界，而是我来过，你爱过的世界。

这一生，我们在一起看过同一轮月亮，等待过同一次日出；这一生，我们做父女、做夫妻、做挚友；这一生，我们牵着手翻过一座山，跨过一片海；这一生，我们一起走过一百个国家，十万公里路；这一生，我们在一座城市错过二十次，又相遇二十次；这一生，我们背靠背走了八千里，还是在一起……

这一生，我来过你爱过的世界。在没有你的世界里，依然爱着你。

愿你是我
一个人的兵荒马乱
///////////////////////////

有一天，在大街上遇到一个卖唱的，他说他和女朋友走散了，他为她走了二十多个省市。很多人觉得他是个骗子，给他点钱说你快走吧，别把人当傻子了。他笑了笑，抱着吉他继续低头弹唱。

看他穿着整洁，不像是那种为了讨生活瞎编故事的。但如果为了找女友一路弹唱大半个中国，我又觉得不可思议，就算是真的，在网上寻人不是更快吗。于是，我接连三天去他驻唱的地方听他唱歌。他的歌都是自己写的，旋律简单，歌词质朴，他唱得没什么技巧，轻轻淡淡的，仿佛一阵风就吹散了。

　　起先还有很多人围观，大部分都不是为了听他的歌，而是来看热闹，更有甚者起哄说要不要帮他宣传让他火……人们带着质疑和玩笑的心态看一个"骗子"表演，有人怀疑他炒作拍起了抖音，有人找他上节目贩卖眼泪，他都一一拒绝了。渐渐地，围观的人对他失去了兴趣，看他的人越来越少，也没有人再谈论他，他仍然一个人平静地弹着吉他唱着歌。

　　最后一场表演，周围已经没什么人在听了，他仍然坚持唱完最后一首歌。只见他站起来，抱着吉他深深地鞠了一躬，说了这几天来唯一一句话："谢谢你们。"看他唱歌的人百思不得其解，最后得出一个结论——他就是想赚钱。但没人给他钱，为数不多的围观者陆续走了，只剩下我。

　　在他收拾东西打算离开时，我在他摊开的吉他盒里放了一百块。他愣了愣，然后对我说："你给多了。"

　　我说："没关系，我也听了几天了。"

　　他说："我知道。"接着指了指盒子里的钱，"你看着拿吧，我的歌不值这么多钱。"

　　"我不为你的歌，为你的故事。"我笑着说。

他愣了愣，似乎是第一次听人这么说，半晌没有说话。就在我转身打算离开的时候，他突然说："我叫辉子，不介意的话，我请你喝一杯吧。"

于是我们去了附近的一家酒吧。

我问辉子："你为什么不在酒吧驻唱呢？"

"在酒吧不自由。"辉子喝了口啤酒，"再说了，我只是待几天，酒吧没法这么干。"

"我以为你只是想卖唱。"

辉子摇摇头："很多人都这么想，但我不是为了赚钱。"

"那是为了什么？不会真的是为了找女朋友吧？"

辉子愣了愣，缓缓说道："你们都想错了，我不是为了找女友去二十多个城市卖唱……"

"那是？"

他没有接话，猛灌了口酒，然后意味深长地笑了。他说："我只是想把和她的故事带到我去过的每一个地方。"

"我只是想把和她的故事带到我去过的每一个地方。"

我听过这世上很多动听的告白，我相信辉子和他女友的故事一定非常动人，然而在听到这句话的时候，我的心还是没来由地漏跳了半拍。这个沉默的、低着头弹唱的男人，歌声如清风，他不吆喝，不辩解，不卖眼泪，没有在歌词里注入多少海誓山盟、情深义重，却用最笨拙也最难的方式，回忆着他的爱情，爱着已经离开他的人。

一个人的爱能坚持多久？久到我们快要忘记那个人的时候，还会下意识地想起那些在一起的日子，散步的日子、吃饭的日子、闭着眼牵手的日子，回头就能触碰到对方的脸。我们会走散吗？懂得分离不是因为情淡，人生有太多不得已，循着光影慢慢走到世界的尽头，这个世界原本是灰白的，因为有你的出现，才有了爱上它的颜色，才有了生命的暖。

人的深情有很多种，告白也好，陪伴也罢，都成了心事上的云烟。天青色等烟雨，而我在等你。我知道等不回来，那么就让我去找你吧，踏着我们的歌声，循着我们的足迹，就让我一个人、一支烟，带着对你的思念闯天涯。你不必知道我过得好不好，我亦不会强求一个结果，这条路只是让我确定对你的爱，不会埋没在时间的尘沙里。

那一晚，他并没有聊和前女友的故事，酒一杯一杯地喝，酒精让身体发热，他的眼里有了热泪。他一定过得很苦，这一路走来，积蓄渐渐耗光，没有赚多少路费，却遭受无数的质疑和谩骂。"他是个骗子""他是个疯子"……这样的话他听了很多，却从不反驳。最糟糕的一次是被侮骂家人，他和对方动手，进了派出所，吉他被砸了，关了好几天，身上的钱也没了。

"这么难为什么还要坚持？"

"总要明白活着是为了什么吧。"

"为了讨生活……"

"大部分人是，但也有那么一些人，他们讨的不只是生活。"

"人生重要的从来都不是目的，而是经过。"

说完，他背起吉他，付了酒钱，数目远不止我给他的那些。

分别之际，我忍不住问他："喂，下一座城市是哪儿？"

"走到哪儿算哪儿。"他挥一挥手，没有回头。

看着他在风中萧瑟的背影，我想起了那句跨过时光的告白："在冰天雪地的城市旷野，在颠沛流离的生命长河，愿你，是我一个人的兵荒马乱。"

愿你在平凡世界里，活出浪漫诗意

PART 05

一生都在半途而废，
一生都怀抱热望

////////////////////////////

　　每隔一段时间，我就会出去旅行，最频繁的时候，一年去了五六个地方。有人问我："你为什么喜欢旅行？"我想，大概是因为心里生出来的根，漂泊的人要去寻根。

　　买了单向街日历，五月二号生日那页写了这么一段话："我喜爱一切不彻底的事物，琥珀里的时间，微暗的火。一生都在半途而废，一生都怀抱热望。"

　　这一天，宜空想。

这一天，什么事都不做，躺在大理的洱海边，看着蓝天白云、碧水青湖，万事皆忘。许久没有放空过了，不禁想，人活着是为了什么。这一年多，我不断经历着亲人的离开，曾对生活的本意产生了怀疑，意志消沉，不知道这么努力地活着究竟是为了什么。也许什么都不为，只是徒劳地数着日子，直到生命的尽头。

顾城说："我想当一个诗人的时候，我就失去了诗。我想当一个人的时候，我就失去了我自己。在你什么也不想要的时候，一切如期而来。"

倘若什么都不想要，人生非空而是洁净的圆满。但人很难做到什么都不想要。你可能什么都想要，却发觉什么也没有得到。人在极致之中淡宁，恨不比爱绝望，过一天是一天，能爱就爱，无所谓伤痕累累。过往之痛皆是云烟，如果害怕分离，当初就不必相遇。

十八岁那年，写完第一本散文集，至今封存在电脑里，不愿示人；二十岁时，大病一场，险些丧命；二十二岁时，出版第一本书，找到活着的意义。有时会想，也许在看不见的地方有人念着我，也许过去恨我的人已经释然。心变硬，是因为心的软再也支撑不起原来那个自己。人在世间行走，途中渐渐忘却了自己本来的面目，变得坚硬。

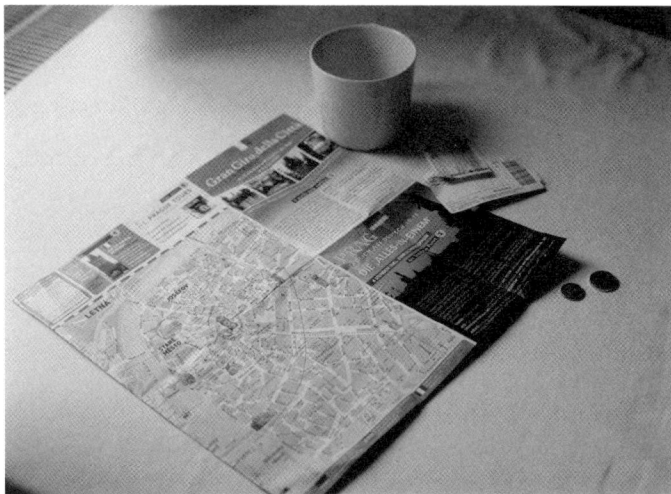

我们只是一群旅者，灵魂短暂地寄居在这个肉身。

成长、远行，都是在与人生做着一次又一次的告别。告别故土，告别亲人，告别昨日的自己……纵使心痛流泪，也要微笑着上路。那些痛、那些伤深藏心底，从不与人说，亦不足与人说。

想起十多年前，十几岁的女孩梳着麻花辫，走很远的路去上学，每天在路上背诗打发时间。天寒地冻，双脚冻得僵硬，鞋底磨破了，冷风窜入，冷到心坎里……于是，只好大声念诗，驱赶恶寒，从《短歌行》到《燕歌行》，从《锦瑟》到《离思》。

以前，我家门前有一条路，一眼望不到尽头。我每天都要穿过这条路，听路边潺潺的水声，看田地里此起彼伏的芦苇，看一只苍鹰飞过苍穹。天空灰蓝，透着光的美，田野一望无际，河水流过，倒映着树影。

每天放学之后，我都要在这条路上逗留，直至天黑。水中的自己，是一个被无限拉长的影子，仿佛穿过时光隧道，抵达人生的尽头。我们这一生，邂逅多少人，离开多少人，期待多少人，想念多少人……人生是没有归期的等待，不知哪一天就在无限的等待中耗尽了岁月之情。缘如朝露，转瞬即逝。那条河流，便是当时的我与岁月立下的约定。

应该变成一个坚韧的人，像一株植物，在沙漠中矗立。会有词穷意尽的时候，到那时，情感变得可有可无。慢慢过滤掉一些人，学会独处，清理过去的人生，懂得离别是为了更好的重逢。

对死亡肃然，对生命敬畏。念想如梦想，究竟涅槃。

我们的一生，不过是一条船，载着此生，行完此生。青草如茵，落叶满地。我听见孤独吞噬天空的声音，像时光深处的断裂。

回到十八岁，生命中最美的时光，一个人坐在湖边看着水中

的倒影。夜晚很静，很美，蝉鸣阵阵，星光烂漫。山野之间，红的花、绿的树，清幽的湖水，岸边的木篱……一只鸟儿飞过树梢，停在湖畔，持久地站立。水中的人，似我，又不似我。就像每一个人心中徘徊不去的影子，做着美丽、永恒的梦。

星光散尽，雨落成河。

回首间，耳畔有一个声音在轻轻地说："我喜爱一切不彻底的事物，琥珀里的时间，微暗的火。一生都在半途而废，一生都怀抱热望。"

红气球的旅行

\\\\\\\\\\\\\\\\\\\\\\\\\\\\\\\

很多年前，看过侯孝贤执导的《红气球的旅行》，这是一部致敬之作，源于1956年法国导演艾尔伯特·拉摩里斯拍摄的短片，即在法国电影史上有着重要地位的《红气球》。后来，作家朱天文编写侯孝贤的电影记录，同样取名《红气球的旅行》。

三年前的夏天，我启程前往土耳其。这场原本只属于我一个人的平凡旅行，因着地中海文明的深远壮丽、亚欧大陆的广袤厚重，成为一场致敬之旅。如同侯孝贤镜头下不动声色的巴黎，灰蓝、忧郁、美丽、清幽。这个一度辉煌壮阔的奥斯曼帝国，如今战火与疮痍褪去，只余一片安静祥和。

这几年，土耳其成为中国人趋之若鹜的旅行胜地。这座横跨亚欧大陆的地中海国度，有着壮阔恢宏的伟大历史，也有着惊艳时光的锦绣山河。这个国家的特殊之处在于，百分之九十七的疆域在亚洲，只有百分之三的领土在欧洲，但它依旧是一个欧洲国家。

因着宗教、历史与地理位置的特殊，伊斯坦布尔，曾经的拜占庭与奥斯曼帝国的国都，经过百年的洗礼润泽，这座沧桑静穆的海港城市依旧如天空一般湛蓝，如海水一般宁静。伊斯坦布尔，如同它的名字，忧郁。如果说卡萨布兰卡是一座白色之城，伊斯坦布尔就是蓝色之城。博斯普鲁斯海峡穿城而过，历史在这里堆积，民族在这里汇聚，宗教在这里杂糅，身着各式服装的军队在这里厮杀……从古罗马到拜占庭，从拜占庭到奥斯曼，城墙上的旗帜不断地变换着颜色，伊斯坦布尔沉淀出一种别具风韵的气度。它沉稳而喧嚣，繁华而颓废，荣耀而失落，忧郁的气息始终飘荡在这座既古老又现代的城市上空。

想象之外的伊斯坦布尔，在此衍生出历史与风情之外的迷离魅惑。当我由北至南，环绕爱琴海一路疾驰，看到的是绵延的山峦、平直的海岸线、大片的罂粟花，还有漫山遍野的热气球……与一路变化着的伊斯坦布尔截然不同，这里是梦的领域，岁月仿若静止，唯有天与地，历史踏不进来，时光走不出去。

　　卡帕多奇亚，坐落于土耳其安那托利亚腹地，历史上有很长一段时间与世隔绝，不通音信。在这里，自然的伟大力量锻造出世上独一无二的神奇地貌，这种地貌的形成源于几百万年前的火山喷发。卡帕多奇亚的奇岩地貌仿佛月球的表面，绵延几千公里，其中就有土耳其最宝贵的自然文化遗产——格雷梅国家公园。

　　卡帕多奇亚美丽难忘的清晨，是从在格雷梅国家公园坐上缓缓升起的热气球开始的。凌晨四点多，太阳尚未升起，天空一片灰白，整片峡谷如同一只匍匐沉睡的野兽。当天空第一道光照亮整片峡谷，野兽自睡梦中被唤醒，绯红色的太阳一点点从山脊背后浮现出来，我们置身海拔五百米的高空，迎着曼妙的朝阳，终于有幸看着天空被它的绯红色慢慢渲染。与此同时，上百只五颜六色的热气球升上空中，静静地飘浮在形状变幻莫测的峡谷之上。

　　站在热气球上俯瞰峡谷中的卡帕多奇亚岩石，在阳光和云影中，岩石不断地变幻色调。没有绿色植物掩映的一块块淡黄发白的岩石，或是高起如锥，或是尖耸如塔，或像一座戴帽子的城堡，或像一枚巨大的尖钉突起在山谷上。跟随风向的指引，热气球带着我们飘浮，升至更高更远的天空，俯瞰全景，犹如置身梦幻仙境。

　　当太阳完全升至高空，一个小时的热气球之旅也就结束了。飞行员根据风向操作，热气球缓缓落地，独特的地域景观如时光的碎片，被切割成一张张独一无二的美丽图画，作为这场奇妙之旅的明信片，寄往世界各地。

　　伊斯坦布尔是起点，卡帕多奇亚是终点。由北至南，始于忧郁，止于寂静。

　　落地，举起香槟，满口香甜，站在一棵大树前目视远方。手中是热气球体验之旅的证书，心中是珍藏许久的一幅画面——灰蓝色的天空衬出红气球的明艳，更衬出街道的安静，家的温暖。

　　这是侯孝贤影像中的巴黎。这位电影人，将想象中的巴黎缩小至一间逼仄的公寓，呈现于画面里的，是一个孤独的男孩，一个忍气吞声的母亲，一个始终在观察学电影的学生。

　　手中的相机仿佛有了生命力，静止的画面也鲜活生动了起来。一只无人理会的红气球，男孩拉着它穿过巴黎的大街小巷，被中

国留学生记录在摄影机里，成了电影中的电影。现实中那些在天空飘浮的热气球，红的、蓝的、黄的、白的，那么高、那么远，仿佛有生命般，引领我们前往一个未知的世界——有关童年，有关回忆，有关一个单纯美好的心愿。它是祖父留下来的八毫米胶卷，是少女时代珍藏的明信片，是一幅简单快乐的画……但无论是什么，内心真正看重的只能被简化为一样东西，那就是，一个永远在追逐的梦。

自由流浪的热气球，是苍天俯瞰人间的一双眼睛。

影片的最后，老师带着学生们去美术馆参观画展，画中的小孩在追一只红气球。当老师问学生们从这幅画中感受到的是欢乐还是悲伤时，一个小男孩的回答是："有一些欢乐，也有一些悲伤……"

而属于我的这场"红气球的旅行"，有一些快乐，也有一些悲伤。

你好，巴黎

/////////////////////////////

出差去巴黎。与想象中的华丽精致、时尚喧嚣不同，这座沉浸在暮色里的艺术之都呈现出古老的静穆。它像一个老人，安静、从容，透着法式贵族的典雅和孤傲，与外来者保持着距离。

一天的工作忙完，去杜乐丽花园溜达。天空是灰蓝色的，大片的云朵缓慢移动，像棉花糖般垂坠。广场上年轻的情侣分享着热狗，老人坐在长椅上看着广场中央觅食的鸽子，还有戴着耳机跑步的年轻人，推着婴儿车的妈妈，给鸽子喂食的孩童……呈现在我眼前的，是这样一幅安静美好的画面。法国梧桐透出斑驳的光影，叶子打着旋儿起舞，情侣们的脸上露出甜蜜的笑容，老人目光温柔，孩子笑声纯真。这一刻的巴黎，如此美丽。

很多年前看过一本书，叫《你好，忧愁》，作者是法国著名女作家萨冈。这本书一问世，就火遍了整个法国。那时，萨冈还是一个十八岁的少女，这是她的处女作。在巴黎的酒店看萨冈的纪录片，直到暮色渐浓。酒店对面就是塞纳河，斜阳映照在我的脸上，温暖惬意。听一曲《玫瑰人生》，看着窗外水鸟飞过河岸，有一种惬意的享受。

影片《萨冈》的尾声，弗朗索瓦丝·萨冈说："不管任何年纪，你总能学会重新生活。事实上，生命就是如此。重新开始，从头再来，再次呼吸。关于人生，仿佛你什么都没有学到，除了一些个性特点，忍耐、坚强、轻松，而不是无能或怯懦。"

这样一个小个子女人，成年即成名，作风叛逆，大胆恋爱。她结婚、离婚，一夜暴富又一夜破产，从呼朋引伴到离群索居。她在最好的年纪成为法国的青春代言人，最有钱的畅销书作家，想要什么就有什么，追求者无数，开豪车、住豪宅，尽情挥霍着自己美丽的人生，也提前透支了生命。她开着心爱的捷豹带朋友出行，途中发生车祸，险些丧命。那场车祸让她差一点见上帝，也提醒她从来没有轻而易举的成功，得到的总是要还的。而她美

妙的人生，也由此开始坠落。

　　至今记得她的那句名言："所有漂泊的人生都梦想着平静、童年、杜鹃花，正如所有平静的人生都幻想伏特加、乐队和醉生梦死。"

　　某个夏日清晨，萨冈开车来到圣特罗佩，她对这个地中海岸边的小渔村一见钟情。她租下一幢房子，在这里度过了一个愉快、平静的夏天。圣特罗佩令她想起悠远的童年，美丽的故乡卡加克。岸边的餐馆、咖啡店、小酒吧、阁楼……远离巴黎的繁华喧嚣，远离谎言与丑闻，她变成了一个平凡的人，在海里畅游，在岸边看日落。听一曲来自乡间的吟唱，看海鸥飞向天际。

　　她拿出随身携带的笔记本，对着迟暮的夕阳和金色的大海写下优美的句子。晚年，她回到卡加克，那是她出生并成长的地方。亲人皆已不在，房子被卖了出去。她在旧屋的附近租了一间阁楼，小轩窗、旧藤椅、夏日斑驳的阳光……听鸟鸣，闻花香，像小时候那样坐在门前的石阶上，看着来来往往的人，看着落日西沉，写下最后的回忆录。

内心的担忧总是会成真，流离所爱，向死亡步近而
无人加以制止。失去另一颗心跳的协奏，这是最糟糕的。
人已弥留，没错，但是需要一个肩膀去依靠。这就是爱，
借以摆脱孤独。

多忧的少女萨冈写下《你好，忧愁》，"忧愁"即是巴黎。
很多年前，同样是少女的我看了这本书，开始憧憬巴黎。它是萨
冈笔下的金色海岸，是杜拉斯眼中的完美情人，是伍迪·艾伦的
午夜流光，是皮雅芙吟唱的玫瑰香颂，是可可·香奈儿的 N°5（五

号）香水，是小野丽莎的夏日咖啡……是我心中一直珍藏的柔情，对这世间所有美意的爱与温度。

"你好，巴黎。"

此时此刻，我在启程回国的飞机上写下与它告别的话："所有漂泊的人生都梦想着平静、童年、杜鹃花……人生匆匆。幸运的是，我在这里，你在这里。我们共舞。"

愿我余生有人陪

//////////////////////////

　　去过许多国家，让我印象最深的还是西班牙。说不上为什么，也许因为它是我去国外旅行的第一个国家。也许是因为三毛，她在《撒哈拉的沙漠》里记录了与荷西在西班牙生活的点点滴滴。喜欢弗拉明戈舞，也是喜欢西班牙的一个原因。香港女作家黄碧云为了学跳弗拉明戈舞专门去了西班牙，在那里一待就是数年。她们都是我欣赏的女子，而今走上写作这条路，仿佛朝圣般，去了那个文艺浪漫的地方。

　　第一站是巴塞罗那。从巴塞罗那直飞马德里，一路向南，途

经托莱多、科尔多巴、塞维利亚、格拉纳达等城市。与北部加泰罗尼亚地区有所不同，南部安达卢西亚地区依然保留着斗牛的传统，而我一直想看的弗拉明戈舞也在这里盛行。

　　格拉纳达位于安达卢西亚东部，是一座有着悠久历史的古城。13世纪，阿拉伯人在这里建造宫殿，阿尔罕布拉宫，又名红宫。直至今日，阿尔罕布拉宫依旧保持着当年的壮观。早晨五点出发上山，十月的天气透着寒意，披一件在当地买的披肩，一边走山路，一边观看美景。空气中有湿润的泥土味道，鸟儿在树林里啼吟，白雾茫茫，远处的崇山峻岭一片肃穆，宫殿在山顶若隐若现。

提前了解这座王城的历史就会知道，中世纪摩尔人入侵西班牙，在格拉纳达建立伊斯兰教王国，这座古城就成了当时的都城，亦是西班牙历史上所有古迹精髓的集大成者，被称作"宫殿之城"。公元 1492 年，西班牙人驱逐摩尔人，部分宫殿被摧毁。后来拿破仑入侵，宫殿再一次遭到大面积毁坏，直至 1828 年被修复。伊斯兰教严禁使用人像、动植物图像作为宫殿的装饰，于是呈现给我们的，是各式各样用金银丝镶嵌的几何图案。

圆拱门、几何图案、大理石柱、马蹄形回廊、土黄色城墙，都是非常典型的伊斯兰古城风格。在土耳其、迪拜、阿布扎比，曾经见到过许多伊斯兰风格的建筑。在西班牙南部这座古老斑驳的城市，当日出的光芒照耀着整座宫殿，那种被时光洗刷的美，如同海边的一颗被海水反复冲刷的珍珠，依旧璀璨。

在格拉纳达的最后一晚，我看到了心心念念的弗拉明戈舞。弗拉明戈舞起源于西班牙南部，由经历丰富、背景复杂的吉卜赛人引入，因具有流浪放逐的气质，带给人美与力的感官冲击，很快在南部地区盛行，继而在整个西班牙流行起来。凄美与热情、落寞与奔放、沉缓与激扬……不停变换的节奏韵律令人心潮澎湃，这是弗拉明戈舞的魅力所在。它的精髓在于深入人的灵魂，探求灵魂深处的情感，舞蹈中蕴含的力量源于自然和生命。

弗拉明戈舞的演出通常在小酒吧进行，以独舞的形式呈现，讲究即兴表演。高潮在于歌者与舞者在情感上达到共鸣，迸发的激情在某一瞬间达到巅峰。无论是吉他的旋律还是身体的动作，呈现出最强烈的感官刺激，以身体为道具舞出最原始的美感，这就是弗拉明戈舞。

我在一家小酒吧观看演出，表演者有四位，一个英俊小伙儿弹吉他，一个黑人女歌手演唱，还有一位老人在旁边打鼓。光影流泻，当激昂的旋律响起，全场鸦雀无声，只剩下歌者的吟唱和最后出场的女舞者摄人心魄的舞蹈。一场演出三起三落，每换一套舞蹈服，舞出的都是不一样的风情。歌者的吟唱让人痴醉，舞者柔韧的身姿迸发出的力量与激情叫人震撼。都说女人如花，再美丽也有迟暮的一天，然而跳弗拉明戈舞的女子永不会凋谢，因为她们有着不老的生命，叫作"热爱"。

看完弗拉明戈舞，我大概明白了黄碧云为什么对它如此执迷。来过西班牙，我亦懂得为什么三毛会留下来。她们都是才情卓然、性格孤傲的女子，像沙漠中盛放的玫瑰，美丽得倔强。三毛说，心若没有栖息的地方，到哪里都是流浪。黄碧云言，如果有天我们淹没在人潮之中，庸碌一生，那是因为我们没有努力要活得丰盛。

有的人会在一个偶然的时间出现在你的生命里，却注定要你用一生去遗忘。

无论是远走异乡的黄碧云，还是在沙漠里赤裸裸地盛放的三毛，她们骨子里都是一类人。追求爱情的盛烈，追求人生的极致，就算经历了那么多动荡，最终追求的，不过是温柔的生。而我，也是这样的。

愿我努力活得昌盛。愿我余生有人作陪。

再见，波尔图

　　我的手腕上有一条磨破了的皮绳，是那年去波尔图旅行时买的。我独自在河边散步，看到一个手艺人，在卖一些自己做的手工艺品，其中就有这条皮绳。皮绳的做工细致考究，镶嵌着用银丝做的精美图案，有点像古罗马时期的壁画符号。手艺人是个聋哑人，据河畔的咖啡店老板说，他不是本地人，是一路流浪而来的，喜欢波尔图便栖居在这里，靠卖手工艺品为生。

　　在波尔图，野猫随处可见。山坡上、小河边、街道边、垃圾桶旁，都有野猫经过。它们大多单独行动，寻找食物或者打盹休憩。

它们有非常漂亮的眼睛，眼神充满戒备和警惕，休息的时候身体也微微弓着，一旦有人靠近立刻溜走。

　　住在河边的一间小旅馆里，推开窗就能看到对岸连绵起伏的山峦，还有山峦上五颜六色漂亮得不像话的房子。河岸边坐落着一家家小店，一到晚上便灯火通明，音乐声不绝于耳，游人们三五成群地聚在一起，听着音乐，喝着小酒。站在阳台上，听着风中传来的若有似无的风琴声，看着彼岸灯火闪烁，如一条美丽的银河，仿佛置身梦境，妙不可言。

　　夜晚，我爬上很高的台阶，俯瞰夜景，心中不由得升起一股热潮。我们也许走到终点都不明白为何要执着地走这条路，漂洋过海，跋山涉水，去看一个与我们的人生没有任何交集的世界。

　　当我独自站在河畔，看着水面的倒影，一艘大船缓缓驶过，惊起了戏水的海鸥。一对情侣在我的身后拍照，卖艺人拉着小提琴为他们伴奏，孩子们在沙滩上嬉耍，欢快的笑声悦耳如风铃。天地之间，仿佛只剩下快乐，像是回到了无忧的童年。

一个朋友的初恋就是波尔图人，我们亲切地称呼他"小葡"。当我告诉朋友我到了波尔图时，她对我说："你代我看看他的故乡，说不定你会遇见他。"

那时"小葡"来中国旅行，正好在酒吧碰见我的朋友来消遣。那家酒吧在南锣鼓巷，名字叫"老伍"，从大一到毕业，最好的那几年我们经常在那儿聚会。记得有一年圣诞节，我和朋友坐在固定的靠窗位置，看着巷子里来来往往的游人，雪花飞舞……法国乐队在演奏，穿礼服的老外们热情地跳着舞，十二点的钟声敲响，大家举杯欢庆圣诞节的到来。

那是朋友的初恋，也是她的最爱。后来"小葡"要回国，无奈之下他们只能分手。我去波尔图的时候，朋友还没有从失恋中走出来，她常常在老伍喝酒喝到天亮，缅怀逝去的爱情。

她说："亲爱的，你知道吗，过了这么久我还是很想他，但我没办法去找他……如果你在大街上碰见他了，请帮我告诉他，虽然空间让我们不得不分开，但是时间教会了我思念……我依然爱他。"

听着陈绮贞的《旅行的意义》："你累积了许多飞行，你用心挑选纪念品，你搜集了地图上每一次的风和日丽；你拥抱热情

的岛屿，你埋葬记忆的土耳其，你流连电影里美丽的不真实的场景，
却说不出爱我的原因……"

每去一个地方，我都会带走那里的一样东西，一片叶子、一
朵花、一颗石子、一捧土……在乡间田野中，在蔚蓝天空下。记
住人们淳朴的笑容、温煦的暖风和一切悲苦欢笑，看着来路，期
待握着爱人的手，为他孕育一个美丽纯真的孩子。就算这个愿望
一生都无法实现，只要相守就不会后悔。即使背负一世的苦难，
也愿意承担这份深重的感情。

波尔图的行程很短，却让我无比留恋。也许是因为朋友的那
段美丽而短暂的恋情，也许是因为河畔让人驻足欣赏的黄昏，也
许是夜晚流浪的野猫，那条戴在手腕上的皮绳，那个栖居的异乡人。
这座城市有太多值得留下的原因，可我还是要启程，回到熟悉的
地方，重复着过去的生活。

离开的时候，看着海鸥翱翔天际，我不禁写下一段话：

　　一生中，有一个地方让我们离开了又回去，那是我
们的故乡。
　　一生中，有一个地方让我们来了不想离开，那是我
们的归宿。

我是街上的游魂，
你是闻到我的人
////////////////////////////

去丽江是一念之间的事。

因为工作太过繁重辛苦，莫名想要逃离，于是我提前请了年假，一个人简单收拾了行李，谁也没有告诉。早上的飞机，前一晚还在办公室加班，只浅浅睡了两三个小时，就打车去机场。夜深雾重，出租车一路疾驰，身体疲乏无力得如同漂在水面的浮萍。

我按照预订的地址来到青年旅社，前台是个二十岁出头的短发姑娘，左耳戴了一排耳钉，听口音像是北方人。她原本是来丽江旅行的，因为喜欢这里便留了下来，一边工作一边生活。黄昏时分出门散步，这个时候丽江的游人不是很多，大多是独自旅行的背包客，看着远处沉默地抽着烟或对着某处举起镜头。

一年里，有大半时间在城市奔忙，但仍然不忘挤出时间出去旅行。待在某个安静美丽的小城，写作散心，与世隔绝。很多人说，来丽江是为了艳遇。那是过去的说法，哪有那么多的"艳"可以遇啊。当地人与游客、老板与旅客、游客与游客……仿佛生活在两个平行时空，偶尔产生交集，又很快分开得毫无瓜葛。

在青年旅舍只住了一晚。第二天，我找到一家当地人开的客栈，它藏在一条僻静的巷子深处。走廊里挂着大红灯笼，颇为古朴喜庆，让我想起了一部电影。我订了顶层阁楼，推开窗户看到鳞次栉比的屋檐，天空灰蓝，一群黑鸟飞过，穿过古老的城市，停栖在远处的拱桥上。

喝一杯温水，打开笔记本开始一天的写作。停滞许久的小说，文档里沉默地躺着十六万字，只完成了一半。故事的发生地就在丽江，构思时我还没有来这里，动笔时却如江河一泻千里。好像自己一直住在这儿，对这里的一砖一瓦、一花一树都很熟悉，从未离开。

　　夜晚有集市，当地人摆摊卖珠串、扇子和当地特产。云南盛产宝石和玉石，祖母绿、蓝宝石、金刚石、紫牙乌、水晶、黄玉、橄榄石、绿松石、孔雀石、独山玉、岫玉、玛瑙、珍珠……各式各样，流光溢彩，如天上繁星。我买了串祖母绿和玛瑙串成的手链，戴在手腕上，非常好看。

　　经过一家小酒吧，走进去要了一杯莫吉托。丽江的酒吧和北京的酒吧没什么区别，像是周末去后海放松，感觉无比熟悉。酒吧里只有老板一个人，放着朱哲琴的歌。我出神地听着，看着窗外的夜景。人人都说丽江好，但到底哪里好，却说不清楚。也许是人约黄昏后的浪漫，也许是午夜喝一杯的寂寥，或者，什么都不是。只是在这里，创作者有了创作的灵感，孤独者有了想爱的冲动。

　　想起一句话："我们都是带着阴影上路的人，保留最初的那一份眷恋。"

　　是的，我们都是带着阴影上路的人。

　　有人问我："很多事情你都一直记得吗？"

　　我说："记得。"

　　他说："那些给你带来痛苦的人和事应该试着忘记。"

　　我说："是，但正是因为太过痛苦，才会刻骨铭心。"

他说："不，总有一天你会忘记……而你之所以记得，是因为你依然在乎。"

一觉醒来，开始我在丽江的第三天。有人说这里是天堂，也有人说这儿就是一座普通而低俗的小城。我说不出它带给我的感觉。当我来到这里，清晨写作，黄昏散步，夜晚逛集市，去酒吧听首歌、喝一杯酒，觉得它再好再坏也不过如此，这就是它本来的样子。

凡·高在给提奥的信里写道："每个人的心里都有一团火，路过的人只能看到烟，但是总有一个人，总有那么一个人能看到这火，然后走过来陪我一起。我在人群中看到了他的火，我快步走过去，生怕慢一点它就会被淹没在岁月的尘埃里。我带着我的热情，我的冷漠，我的狂暴，我的温和，以及对爱情毫无理由的相信，走得上气不接下气。我结结巴巴地对他说，你叫什么名字。从你叫什么名字开始，后来，有了一切。"

> *Seashore washed by suds and foam.*
> *Been here so long got to calling it home.*
> （海水洗岸浪飞花。野荒伫久亦是家。）

我在文档里敲下这几行字，遥看窗外暮色夕阳。天空高远洁净，小河蜿蜒流淌，青砖白墙，黑色的屋檐下挂着红灯笼，随风轻轻飘荡。古老的石板路湿润幽凉，穿着鲜艳服饰的纳西族少女从桥上走过，年轻的小伙子在楼上招呼一声，期待她回眸一笑。

如果你的眼前出现一个人，站在那里，哪怕地老天荒，只为赴一场命中注定的相遇，旅行，是否有了生动圆满的意义。但我知道，心中寂静的旅途一生都无法走完。窗外有光，天色灰蓝，远行的脚步还在继续。走过冬夜里的冰湖，在天的边际游荡，生来所有美满，都不如那一刻，朝着你狂奔而去。

我是街上的游魂，而你，是闻到我的人。

我们的过去是一片麦田

////////////////////////////

睡前习惯听歌，《春夏秋冬》是经常听的一首，听"哥哥"唱着"春天该很好，你若尚在场，春风仿佛爱情在蕴酿……"渐渐入睡。

春梦了无痕，夏愁落无声，秋思解无言，冬事长无期。

在苏州住了大半个月，每天闲来无事，走街串巷，逛园林，听昆曲。看电影《游园惊梦》时想起一句禅诗："人生如雾亦如梦，缘生缘灭还自在"。人生如梦，尘世如流，时光里的故事早已淡去，那些褪去色泽的旧影也早已湮灭。不变的是初春、仲夏、深秋、寒冬，一年四季轮回更替，草木枯荣，静默地诉说着一座城池的光阴。

苏州给我的感觉是《人间四月天》，抑或《她从海上来》。像民国的春秋，山水映墨，红叶染霜，小桥流水人家，是一座典型的江南古城。如唐朝诗人张继笔下著名的《枫桥夜泊》所写："姑苏城外寒山寺，夜半钟声到客船"。姑苏城外景色秀美，古时文人争相来访，在寂静无声的秋夜里聆听寒山寺的钟声，泛起浓郁的思乡情怀。

游苏州如参禅，听的不是雨声，闻的也非暗香。

小时候看过一部电影叫《苏州河》，当时懵懂地以为，"苏州河"就是苏州的一条河。后来才知道，它只是一个名字，与这座城市没有多少关联。还记得电影中的一段台词："我在这座城市里生活了很多年，这条弯弯曲曲的河一直刻在城市的中央，人们管它叫苏州河。时间像船一样从河上缓缓驶过，祖辈父辈的目光和风吹雨打全都浸在这条河里，一年一年，我看见很多高楼在河边建了起来，富贵和昏黄在人们勤劳的脸上日益张灯结彩。有一天，人们抹去脸上汗水的时候，我发现这条河已经不再平静。"

我们会因为一座城，爱上住在这座城里的人。

我喜欢具有人文情怀的地方，小至一家书店，大至一座城市，常常一待就是很长时间。人越长大，越渴望返璞归真，为的是跟自己年少的时候相区别。那时候喜欢远大的、浮华的、浩瀚的东西，比如星空、太阳、大海，又比如高楼、万花筒、摩天轮……却忽略了午间走过的那条开满野花的小路，夜晚跟在身后飞舞的萤火虫，水里的蜉蝣，树上的蝉，红艳艳的杜鹃，微凉的湖水。

尘世广袤浩瀚，内心真实的归宿只是一座安宁的城。住在里面，春有百花秋有月，夏有凉风冬有雪。

李商隐诗云："水仙欲上鲤鱼去，一夜芙蓉红泪多。"

胡兰成言："佛去了，唯有你在。你在即佛在。你若是芙蕖，在红泪清露里盛开。"

禅是静的，情是柔的。很多人读禅、悟禅，用一颗至柔的心去皈依，希图得到禅的点化。其实人的力量由心而生，心即禅，禅亦在心中。人心不静，就会受七情六欲煎熬困扰。心火不灭，心水难平。

春来，小桥流水，陌上人家；
夏临，杏花烟雨，风轻云淡；

秋去，人约黄昏，月上枝头；

冬至，千山暮雪，大漠斜阳。

在枫桥，漫山遍野的红叶，夕阳缀在山腰，几片云悠悠飘过。青松矗立，落花缤纷。都说春花秋月美，美的不是风景，而是看风景的心情。这种心情在一方微小宁静的天地里，悄悄生根发芽，长成一棵水中的花树。

雨歇云开，日落西山。花期已至，晚来寂静。

我们的过去是一片麦田，人生的春夏秋冬里，蒲公英和炊烟都在等你。

一生所求，
爱与自由，你与温柔

写完一本书，就像要与一个旧友告别，这与看完一场电影、结束一段旅行是不一样的体验。当文字行进到尾声的时候，内心出现一种感觉，仿佛一个走向大海的人，看到了彼岸的灯塔。

那座灯塔会一直亮着吗？还是会在接近的那一瞬间熄灭？

我们的内心也需要一盏明灯，指引前方的路，也照亮身后的路。始终在走，没有停歇，步速越来越快，浑然不觉得累。身体因为到达某种极限，失去痛感，仿佛一架坚硬的机械，忘我地投入工作，抑或为了某个目标。这是年轻人的跃进，也是成年人的丧失。

今夜读《圣经》，翻到《诗篇》这一页，上面写道："我在困苦中，你曾给我宽广。"很多人，不管透不透彻，行囊中或枕席下总有一本《圣经》，似乎这样便能安心。

持续一段时间的冥想，在宗教里叫作祷告，是一种非常虔诚和沉静的仪式。祷告不分时间和地域，晨起或者睡前均可。闭上眼，对着意念中的对象，发出内心的声音，有时候是倾谈，有时候是疑问。基督徒的祷告是忏悔，佛教徒的祷告是求愿，而我只是在平静地倾诉。这个过程，是自我修复的过程，亦是重新认识自己的过程。

有人说，这世上有两种女人，一种是牡丹，一种是玫瑰。一种特别知道自己要什么，勇往直前，不达目的决不罢休；一种特别知道自己在干什么，活在当下，温暖暧昧，似是而非。前者可以得到世俗意义上的成功，而后者大隐隐于市，活得自在随心。

我曾经渴望成为第一种人，知道自己要什么，为了那个目标一直在奔跑。职位一次次晋升，完成一个个项目，在人堆里摸爬滚打，只是因为年轻，因为觉得哪怕失败了，从头再来也不算迟。后来，看到第一种人越来越多，见证了他们的成功和失败了再成功，感觉没什么意思。芸芸众生，究竟有谁比过了谁，又有谁比谁好过。不知不觉间，我成了第二种人，做好当下的事，在给出问题时解答，在面对选择时判断，不冒进也不退缩，有秩序地提升和完善自己。

"如果人世终会变迁，只好造一处不变的刻印镶入我对这世间的憧憬。"

这个秋天，北方的天空高远洁净，叶子黄了，廊檐下的铜铃随风作响，乌鸦站在绿色的琉璃瓦上，深沉地俯瞰人间。我带着耄耋之年的外公外婆来到故宫，这座历经几百年风雨的沧桑皇城，沐浴在暖色的朝阳里，散发着孤独的光辉。人世喧嚣，过往辉煌，这座肃穆恢宏的城池如同一个独坐江山的老者，静静地守护着属于它的历史和荣耀。

小时候，我对外公说："等我长大了一定带你去北京，去看天安门和故宫。"这个承诺，在二十多年后终于实现了。看着外公满头的白发和苍老的面容，看着他面对古老宫殿时激动的神情，我的内心百感交集。如果可以更早些，五年、十年……甚至二十年，在他还能到处走走的年纪，带他去更多更远的地方，那该多好啊。

岁月永远年轻，而我们慢慢老去。

开始懂得深情的依恋，找回逐渐丢失的亲情，跳脱欲望层次，亲近自然，感受在时间长河中的漫漫前行。这条河，终将带我们去往我们该去的地方。故而，不必较劲也无须刻意，时间带着我们向前走，最终要告别的是那些过往，带着伤感的纪念和刻骨的思忆。

是你吗？是你吗？

你遇见的人，你错过的人，你丢失的人，你拥抱的人，你热爱的人，你憎恨的人，你感恩的人，你守候的人，你忘记的人，你伤害的人，你亲吻的人……所以，让我们来世再重来。

《天堂电影院》中，白发苍苍的男子坐在车里打电话给曾经深爱的女孩。他说："这些年来我一直独身，而你依然这么美。"他们在激烈的亲吻后各自离去，四十年的守候只是一场虚空的幻觉。年华流逝，容颜不再，昔日的恋人出现在眼前，说："你知道吗，我一直深深地挂念你……"于是我明白，他用一生的时间，终于等到了这句温暖的诺言，然后满足地合上眼，归于尘土。

一生所求，不过是爱与自由，你与温柔。

谨以此书
致我的父亲
你是我灵魂深处的归乡

图书在版编目（CIP）数据

愿你有英雄呵护，也有勇气独立 / 夏风颜著 . -- 杭州 : 浙江文艺出版社 , 2019.10（2019.11 重印）
ISBN 978-7-5339-5802-2

Ⅰ . ①愿… Ⅱ . ①夏… Ⅲ . ①随笔—作品集—中国—当代 Ⅳ . ① I267.1

中国版本图书馆 CIP 数据核字 (2019) 第 189220 号

YUAN NI YOU YINGXIONG HEHU，YEYOU YONGQI DULI

愿你有英雄呵护，也有勇气独立

夏风颜　著

出版发行　浙江文艺出版社
地　　址　杭州市体育场路 347 号（邮编 310006）
网　　址　www.zjwycbs.cn

责任编辑　瞿昌林
责任印制　张丽敏
封面设计　Aseven
版式设计　樱　瑄
封面图片　@ 邹瑜鹏 -J 神
内文插图　夏风颜　陈惜玉　王培源　渡边城　小醒 iso

印　　刷　北京盛通印刷股份有限公司
经　　销　浙江省新华书店集团有限公司
开　　本　880 毫米 ×1230 毫米　1/32
字　　数　192 千字
印　　张　9
版　　次　2019 年 10 月第 1 版
印　　次　2019 年 11 月第 2 次印刷
书　　号　ISBN 978-7-5339-5802-2
定　　价　45.00 元